Rosalia Zelenka

DER TOD
HAT VIELE GERÜCHE

edition
innsalz

Rosalia Zelenka
„Der Tod hat viele Gerüche"
Beruf: Tatort-Reinigerin

Herausgegeben von:
Wolfgang Maxlmoser

© edition innsalz Verlags GmbH
A–5282 Ranshofen, Ranshofnerstraße 24a
Mobiltelefon: 0043 664 3382412; Fax: 0043 7722 64666-4
Homepage: www.edition-innsalz.at
E-Mail: office@edition-innsalz.at, info@edition-innsalz.at

ISBN: 978-3-902981-02-8

1. Auflage 2014
Druck im EU-Raum

Der Tod hat viele Gerüche

Ein jedes Menschenleben endet gleich.
Nur wie man gelebt hat und wie man stirbt
unterscheidet den Einen von dem Anderen.

Ernest Hemingway

INHALT

VORWORT

Sie halten ein Buch in Händen, über dessen Inhalt ich sehr viel und lang nachgedacht habe. Ich habe mich bemüht, meine Empfindungen auf ein weißes Stück Papier zu bringen, und halte es nach wie vor für sehr schwierig, Gefühle zu beschreiben. Ebenso schwierig ist es, Gerüche zu beschreiben. Und doch werde ich immer wieder nach einer Definition gefragt. Aber diesen Wunsch kann ich kaum erfüllen, allein deshalb, weil jeder Mensch Gerüche anders wahrnimmt.

Vielleicht haben Sie schon einmal ein ähnliches Buch gelesen. Wahr ist, dass es nicht viele Bücher davon gibt. Ebenso wenige, wie es Tatortreiniger gibt.

Unter den vielen Menschen, die versuchen auf den fahrenden Zug des Tatortreinigers aufzuspringen, gibt es leider nicht viele, die es nachhaltig schaffen, sich hier zu profilieren.

In den meisten Fällen arbeitet man nah am Menschen – deren Schicksalen – und trägt für diese Zeit auch Verantwortung dafür. Kaum jemand macht sich Gedanken darüber, was im Fall eines Leichenfundes zu beachten und zu tun ist.

Umso mehr freue ich mich, dass Sie dieses Buch gefunden hat. Es ist mir wichtig, Ihnen mehr über den Menschen hinter diesem ungewöhnlichen Beruf nahezubringen.

Vielleicht wurde Ihnen das Buch geschenkt oder jemand hat Ihnen davon erzählt. Ich vertrete die Meinung, dass es keine Zufälle gibt. So bin ich sicher, dass mich der Beruf des Tatortreinigers ebenfalls gefunden hat. Ich habe lange Zeit nach der richtigen Aufgabe gesucht. Habe vier verschiedene Berufe gelernt und immer fehlte mir etwas. Mal war es zu eintönig, ein anderes Mal fehlten mir der Kontakt zum Menschen und die Möglichkeit, zu helfen, wenn es schwierig wurde. In der Zeit meiner ersten Schritte in der Reinigung von Leichenfundorten bis heute habe ich sehr viel über mich selbst erfahren und noch mehr über den Menschen an sich. Manches hat mich überrascht, manches entsetzt, einiges machte mich sprachlos und vieles machte mich glücklich. Es ist mir heute ein Bedürfnis, Ihnen die Möglichkeit zu bieten, mich kennen zu lernen, allein deshalb, weil über die Medien sehr viel transportiert wird, aber dies lediglich ein winziger Ausschnitt aus meinem täglichen Leben ist. Die Tatortreinigung ist eine Aufgabe mit spirituellem Touch. Sie erfüllt mich mit all ihren Facetten, von der Lehre der Mikrobiologie über die Zusammensetzung der Reinigungsmittel bis hin zur Psychologie in Verbindung mit dem Tod und der Sorge um den Menschen. Damit also beschäftige ich mich. Durch die enge Zusammenarbeit mit dem Landeskriminalamt Oberösterreich und Wien werden die Geschichten der Menschen, die immer hinter einem Fall stecken, realistischer als gewollt. Sie gibt Platz zur Diskussion. Gerichtsmediziner und Spurensicherer runden jeden einzelnen Kriminalfall ab. In Wahrheit brauchen wir keine Romanhelden oder erdachte Idole. Die wahren Helden existieren tatsächlich und die Wirklichkeit ist spannender, als jeder Roman es je sein kann.

Sie finden in diesem Buch Gedanken über den Tod an sich, über das Leben, über Mythologie und Kunst, über Hygiene, Psychologie und Schicksale, die das Leben verändern können. Alle Namen und Schauplätze wurden von mir geändert.

Bevor ich beginne Ihnen meine Eindrücke näherzubringen, möchte ich nicht verabsäumen, mich bei für mich wertvoll gewordenen Menschen zu bedanken. Meiner Tochter Katja, die so viel Geduld für mich aufbringt und auf die ich sehr stolz bin, bei Herrn Chefinspektor Erwin Kepic und Frau Chefinspektorin Ing. Bettina Bogner, meiner lieben Freundin Gabriele, die so viel Zeit und Gefühl eingebracht hat nach der Entstehung des Manuskriptes und nicht zuletzt Günther, meinem Lebensgefährten, der mir mit seinem Verständnis eine sehr große Stütze ist. Von all diesen Personen durfte ich sehr viel lernen. Menschlich wie auch fachlich. Nicht zuletzt danke ich meinem ehemaligen Mitarbeiter und Freund Peter Pales und Vladimir Uhrinec, die mir immer treu zur Seite standen, wenn es schwierig wurde.

Und jetzt hoffe ich, dass Sie mit Interesse und Spannung dieses Buch, das den Weg zu Ihnen gefunden hat, genießen können.

EINFÜHRUNG

Er spricht nicht mit uns. Klebt sich an unsere Fersen und begleitet uns, bis wir dieses Leben wieder abgeben. Freiwillig oder unfreiwillig. Egal wie. Er riecht immer anders. Ich kann das sagen, denn schon viele Todesschauplätze habe ich gesehen und auch gerochen. Ich bin Tatortreinigerin, habe eine Ausbildung zur Gebäudereinigungs-Desinfektorin gemacht und habe lange Erfahrung im Bereich Reinigungsdienstleistung. Als Prokuristin leitete ich ein Unternehmen in den Bereichen Brand- und Wasserschadensanierung sowie Tatortreinigung. Daher sind mir die Sicherheit und Gesundheit meiner Mitarbeiter und der Bevölkerung wichtig. Aber auch die respektvolle Abwicklung eines jeden einzelnen Falles liegt mir am Herzen und jeder Fall ist anders, auch wenn es schon der hundertste Selbstmord ist. Die Tragik eines jeden Falles machen die Geschichte des Verstorbenen, die Trauer und der Schock der Hinterbliebenen aus.
Ob der Verstorbene dem Leben nachtrauert oder nicht, vermögen wir nicht zu sagen.
In meiner Zeit als Tatortreinigerin und Desinfektorin habe ich so viele unterschiedliche Facetten des Todes gesehen und so unglaublich viele leidende Menschen. Was sagt man da, wenn man nach einem Suizid gefragt wird „Warum hat er mich jetzt alleine gelassen"?
Nichts kann man sagen. Ich stehe vor den Menschen, in deren Gesicht so viel Leid und Schmerz geschrieben ist, und frage mich: „Ja, warum eigentlich?"

Und es fällt mir nur eine einzige Antwort ein. Hier gab es einen Menschen, der sein Leben, das ihm bei der Geburt geschenkt wurde, nicht mehr bewältigen konnte. Für einen Bruchteil einer Sekunde sah er absolut keinen Ausweg als den, nicht mehr zu leben und somit den Schmerz und die Verzweiflung nicht mehr zu spüren. Ist man einmal an dieser Wegkreuzung angekommen, bedeutet dies, dass der Konflikt, in dieser einen Sekunde, über Leben oder Tod entscheidet. Und so flüchtet er aus diesem Leben und gibt es zurück.

Manchmal bedankt er sich noch bei seinen Lieben und geht dann. Zurück bleiben in jedem Fall Schmerz, Unverständnis und Leere. Aber wie sollte ich das in angemessene Worte kleiden, ohne weiteren Schmerz hervorzurufen?

Manchmal begegnet mir Zorn und manchmal der Streit um die Verlassenschaft, was ich immer als besonders bitteren Beigeschmack empfinde. Welche Gedanken haben diese Leute, die sich noch nach dem Tod eines Angehörigen nicht in Frieden zusammenfinden können? Niemand kann sich etwas in den Tod mitnehmen. Sicher gibt es Mythen und Geschichten darum, dass man ins Jenseits dies und das mitnimmt, um es auch dort so angenehm wie möglich zu haben. Eine Vielzahl an Grabbeigaben bezeugt dieses Denken. Jeder von uns ist für sich selbst verantwortlich und dafür, was er in der Zeit seines Lebens erreicht. Nichts, was dem Anderen gehört, sollte unsere Gedanken bewegen. Vielmehr, was und wie er ist.

Der Tatortreiniger vermag mehr als die Reinigung und Desinfektion eines Leichenfundortes. Wir leisten bei den Hinterbliebenen psychische Hygiene und sind zu einer Zeit bei den Menschen, in der alles zu Ende scheint.

Ich möchte das nicht falsch verstanden sehen. Wir leisten keine psychologische Betreuung. Dafür gibt es Kriseninterventionszentren und Fachärzte. Nach einem derartigen Ereignis herrscht rund um einen Fundort der absolute Ausnahmezustand und ich realisiere immer wieder, dass meine Anwesenheit für kurze Zeit ein Stück Ruhe bringt, die es möglich macht, durchzuatmen und zu lächeln. Manchmal fließen kurz Tränen, aber es sind Tränen, die Erleichterung bringen. Alte Geschichten kommen zu Tage – als das erste Kind geboren wurde, wie stolz man war, endlich den Zubau zum Gasthaus realisiert zu haben, als der erste Welpe ins Haus kam, wie wunderschön die Zeit war und wie viel Liebe, Vertrauen und Zusammenhalt man sich geschenkt hat. Es gibt Schicksale, in die man für kurze Zeit hineinschlüpft wie in eine Rolle auf der Bühne. Für uns ist es gut, diese Rolle wieder verlassen zu dürfen. Für die Opfer ist es gut, dass wir für kurze Zeit die Schulter zum Anlehnen sind und das Grauen scheinbar anhalten.

WAS UNS BEWEGT

Diese Arbeit ist etwas Sinngebendes. Der Run auf diesen Job ist enorm, begleitet von der Unwissenheit, wie man damit umgehen sollte. Dabei geht es um die physische, wie auch um die psychische Komponente. Leider muss ich feststellen, dass viele der Meinung sind, sie könnten so einfach als Tatortreiniger arbeiten oder eine Firma gründen, nur weil sie über einen Kübel, über Wasser und Reinigungsmittel verfügen. Oft habe ich beobachtet, dass es Firmen gibt, die mit eben diesem Kübel losziehen und nach kurzer Zeit scheitern. Was ist also das Geheimnis des Tatortreinigers?

Ich werde es an dieser Stelle lüften. Ohne Investition seines Herzblutes und das richtige und umfassende Wissen, das man braucht, um Tatorte im Sinne unseres Seuchenschutzgesetzes zu reinigen, wird man immer wieder scheitern. Es bedarf der Liebe, des Interesses und der Nachhaltigkeit zu diesem Beruf. Bewerber und Firmengründer wissen sehr oft nicht, was da auf sie zukommt. Meine Mitarbeiter suche ich genau aus und von hundert Leuten sind vielleicht vier darunter, die ich für geeignet halte. Nicht zuletzt, weil sie diese Arbeit kaum durchhalten können. Es ist nun mal nicht einfach, Überreste eines Menschen oder Tieres zu entsorgen.

Oft werde ich gefragt, welche Eigenschaften ein Tatortreiniger mitbringen muss. In erster Linie ein hohes Maß an Pietät, er sollte aus einem ähnlichen Beruf stammen, Loyalität und Durst nach Wissen sollten ihm wichtig sein und er sollte eine hohe Bereitschaft haben, zu helfen und zu arbeiten. Persönliche

Flexibilität und Einsatzfreude verstehen sich von selbst. Die Arbeit des Tatortreinigers, und das betone ich immer wieder, ist körperlicher und psychischer Hochleistungssport.

Wir reinigen nicht nur Leichenfundorte, sondern eben auch Messiewohnungen, wo man unter Umständen bis über die Knöchel in den Exkrementen steht. Das muss man verkraften können, sowohl vom Geruch als auch von der psychischen Belastung her.

Es liegt in der Natur des Menschen, dass die Sensationsgier ihn treibt. Eine Eigenschaft, die in diesem Beruf absolut fehl am Platz ist. Wir befinden uns nicht in einem Dschungelcamp, wo man meiner Meinung nach wirklich grauenvolle Dinge vollbringt, nur um den Zuschauer zu unterhalten. Wir sind an der Front, ganz nah dem Tod auf den Fersen.

In unserer heutigen technischen und schnelllebigen Zeit ist es vielen Menschen nicht mehr gegeben, sich an das Kind zu entsinnen, das in jedem von uns steckt. Aber genau dieses Kind braucht man, wenn man mit Derartigem konfrontiert wird. Kinder haben selten Scheu vor dem Tod. Sie verabschieden sich von den Verstorbenen, denken nicht im Traum daran, dass sie Schuld an dem Tod haben.

Meine liebe Freundin Viktoria erzählte mir, wie sich ihre Enkelkinder vom Opa verabschiedet haben. Die Kinder wussten nicht, ob sie ihn anfassen dürfen. Als sie die Erlaubnis dazu hatten, gingen sie ohne Scheu und Ekel an den Abschied. Immer wieder gingen sie in das Zimmer und streichelten ihrem Opa die Hand. Kinder nehmen nicht an, dass der Verstorbene sie verlassen hat, weil er sie nicht mehr gemocht hat oder weil sie vielleicht etwas Schlimmes gemacht haben. Sie wollen wissen, was jetzt mit dem Verstorbenen passiert.

Wir haben verlernt, dass der Tod genauso natürlich ist wie die Geburt. Wie viele von uns auch verlernt haben jede Minute, jeden einzelnen Tag zu leben. In Gedanken sind wir schon im Urlaub, bei dem neuen Auto oder der neuen Kücheneinrichtung, ohne zu realisieren, dass wir im Hier und Jetzt viel mehr Chancen auf Glück haben. Wenn dann ein derart erschütterndes Ereignis über uns hereinbräche, gäbe es so unglaublich viel Ungesagtes und nicht Erledigtes, das man noch irgendwann tun wollte. Oft wird nicht erkannt, dass man die Zeit und das Glück des Augenblicks außer Acht lässt.

Unsere Gesellschaft orientiert sich an Äußerlichkeiten. Dieses Phänomen ist in den Großstädten wie auch auf dem Land zu beobachten. Der Blickwinkel hat sich verschoben. Ich bezeichne diese Zeiterscheinung als Resonanz und Kind der Wirtschaft. Wir werden davon überzeugt, dass ein Zugewinn an wirtschaftlichen Gütern unumgänglich ist. Werbung wird zum Vehikel. Es wird uns vorgegaukelt, dass wir begehrenswerter, erfolgreicher sind, wenn wir das Produkt XY erwerben. Frauen streben der Schönheit des Models nach, vergessen dabei aber, dass die Jobdeskription des Models nur „Schön sein" beinhaltet.

Sind wir wirklich glücklicher, erfolgreicher oder begehrenswerter durch den Zuwachs bestimmter Güter?

Viele Menschen haben das Bedürfnis, den Anderen zu beeindrucken. Ob es das spektakuläre Urlaubsziel ist, diverse prestigeträchtige Anschaffungen usw. Alle Handlungen, die nur der reinen Selbstdarstellung nach außen hin dienen, sind ohne tieferen Wert und ohne ehrlichen Hintergrund. Auch beim Umgang mit unseren Mitmenschen fehlt oft das hintergründige Denken – wie schnell wird oft be- bzw. verurteilt, ohne Näheres zu wissen.

Aber, wo bleibt der Mensch – das werde ich fast täglich gefragt und das frage ich mich selbst. Wo darf sich das Kind im Menschen entfalten? Wer weiß denn wirklich noch genau, wer er ist? Warum werden Menschen verlacht, wenn sie nach dem wahren Sinn suchen, und warum getrauen sich so wenige darüber zu sprechen? Warum verschließen sich manche aus Furcht nicht verstanden zu werden oder etwas zu sagen, was den Nächsten verletzen oder beleidigen könnte?

Es beginnt tatsächlich in unserer Kindheit.

Anstatt Erklärungen, aus welchen wir lernen könnten, bekommen wir Verbote. Im Kindergarten und in der Schule lernen wir Dinge, die wir nie brauchen und die unseren persönlichen Fähigkeiten nicht entsprechen. Es wird sich ja auch nicht die Mühe gemacht, nach diesen Fähigkeiten zu forschen, geschweige denn ihnen Raum zu geben. In der Gesellschaft müssen wir uns anpassen und viele Menschen sind aus den unterschiedlichsten Gründen gezwungen sich auch hier anzupassen. Politik und die Gesellschaft zwängen uns in ein Korsett – und wenn man überleben will, schweigt man auch tunlichst auf dem Arbeitsplatz. Man schweigt und tut, obwohl es nicht der eigenen Gesinnung entspricht. Weiter geht es dann in den Partnerschaften, wo ebenfalls Rollen übernommen werden, die nicht zu einem passen. Und dann passiert es, dass so mancher Mensch dies nicht mehr tragen kann und will.

Mir ist dies sehr stark bewusst geworden, als ich den Auftrag bekam, die Wohnung eines Messies zu räumen. Aber darauf komme ich später zurück.

Wie sollen wir den Menschen im Leid erkennen, wenn wir nicht einmal in der Lage sind zu realisieren, wie unwichtig all diese Äußerlichkeiten sind und wie wichtig ein paar Minuten Zeit des Zuhörens wären? Nichts von all diesen herrlichen Dingen können Sie mitnehmen, wenn Sie ihr Leben wieder abgeben.

Aber Sie können Ihren Lieben unglaublich schöne Erinnerungen hinterlassen, die es ihnen leichter machen, anzunehmen, was unwiderruflich ist.

Viele Philosophen machten sich schon Gedanken über den Tod. Der römische Kaiser Marcus Aurelius erkannte: Nicht den Tod sollte man fürchten, sondern dass man nie begonnen hat, zu leben.

Diese Gedanken werden bewusst, wenn man mit dem Tod das Du-Wort wechselt und fast täglich neue seiner Geschichten hört und sieht.

Ich wurde auch schon gefragt, ob es für diese Berufssparte Zeiten gibt, in denen mehr zu tun ist oder auch weniger. Damals konnte ich das nicht so recht beantworten, weil der Anteil an Selbstmorden, Morden, Überfällen und Messiewohnungen ziemlich gleich war. Es scheint mir, dass zunehmend mehr Selbstmorde passieren, obwohl sie, statistisch gesehen, sinken sollten; auch die Vereinsamung von Menschen und die Vermüllung von Wohnungen steigen sukzessive an. Selbstmorde werden immer häufiger mit Schusswaffen begangen. Persönlich wäre ich für ein generelles Waffenverbot, ausgenommen die Personen, die

die Waffe für berufliche Zwecke benötigen. Die Menschen sind zu labil, um berechtigt eine Waffe tragen zu dürfen. Aber meinem Wunsch wird man natürlich nicht nachkommen, weil es auch zu viele Menschen gibt, die an Waffen reges Interesse zeigen. Dafür gibt es in Wien ein Sackerl fürs Gackerl und sechsunddreißig Euro kostet es, wenn der Zigarettenstummel auf die Straße geworfen wird. Dies nur kurz zur Priorität, die gesetzt wird. Der Schutz des Menschen auch in diese Richtung sollte meiner Meinung nach gründlich überdacht werden. Aber dazu würde noch viel mehr gehören, denn um einen Selbstmord begehen zu wollen oder ins Messiedasein abzurutschen, gehört eine Vorgeschichte. Und die liegt teilweise auch in unserer jetzigen Gesellschaftsform. Also darin, wie wir leben und unsere Mitmenschen beachten.

Zurück zu den Tatorten. Meist ist es die dunklere Jahreszeit, in der diese Todesfälle passieren – also die Zeit von November bis März. Wenig Licht und weniger soziale Kontakte, viele leiden unter Winterdepression – das trägt maßgeblich dazu bei.

Ab April wird es um die Selbstmorde ruhiger. Im Übrigen kann ich sagen, dass bei den Selbstmorden mittels Schusswaffe nur sehr selten Frauen zu finden sind.

Zurück zur Tatortreinigung an sich. Ständige Begleiter in der Tatortreinigung sind auf jeden Fall Einwegtücher. Ich selbst bevorzuge stark saugfähige Vliestücher, weil sie nicht fusseln oder gar reißen. Blut und andere Körperflüssigkeiten sind so sehr leicht und sicher aufzunehmen. Blut hat die Eigenschaft, zu jedem Zeitpunkt nach dem Tod eine andere Konsistenz anzunehmen. Von flüssig über gallertartig bis getrocknet ist alles möglich. Wichtig ist vor allem, das schon angetrocknete Blut zuerst zu entfernen. Würde man dies nicht tun, so hätte man später das Problem, es mit dem Reinigungsmittel zu verschmieren. Man vereinfacht sich die Arbeit, wenn man dieses Prozedere einhält. Neben den Tüchern sind Bürsten, Spachtel in verschiedenen Stärken, Mop, Schwämme, Reiniger, Schaufel und Besen und spezielle Farbe für die Wände immer als Grundausrüstung dabei. Als einziges elektrisches Gerät finden Sie in unserem Tatortauto den Ozongenerator. Da gibt es unterschiedliche Stärken auf dem Markt. Wir haben uns für ein Gerät mittlerer Stärke entschieden. Die Laufzeit ist variabel einstellbar, was es für die verschiedenen Erscheinungsformen der Tatorte auszeichnet. Das Ozongerät an sich wird neben der Geruchsneutralisierung auch zur Desinfektion kontaminierter Räume eingesetzt. Die meisten Kleinstlebewesen sind nach drei bis dreißig Stunden mausetot. Kakerlaken und andere sehr robuste Insekten überleben jedoch diesen Angriff. Gegen sie hilft spezielles Räucherwerk. Beide Arten, Vernebeler wie auch Ozongenerator, sind sehr giftig. Mitarbeiter müssen im Umgang damit gut geschult werden, um ihre Sicherheit zu gewährleisten. Im Gegensatz zum Vernebeln werden vor einer Ozonbehandlung des Tatortes sämtliche Fenster und Türen, Lüftungen, alle Ritzen und Fugen mit Dichtband abgedichtet. Das Gas verflüchtigt sich in jede Ritze und könnte vorbeigehende Personen gesundheitlich schädigen. Außerdem greift das Ozon Kunststoffe an. Ich habe einmal beobachtet, dass sich Folie komplett zerlegt hatte. Also auch das Gummi in der Bekleidung verliert an Elastizität. Kunststofffenster müssen mit spezieller Folie komplett abgeklebt werden, weil sich der Kunststoff verfärben kann und Gummidichtungen porös werden. Ein ziemlich großer Aufwand, und ich freue mich immer, wenn das Gebäude Holzfenster hat. Bei besonders starkem Befall von Ungeziefer ist es also auch notwendig, beide Formen anzuwenden. Nach einem derartigen Eingriff in einem Gebäude muss gelüftet werden. Ich habe festgestellt, dass das reine Lüften nicht ausreicht. Deshalb bin ich dazu übergegangen, große Ventilatoren oder geschützte Propeller aufzustellen, die die Luft zum Zirkulieren bringen. Auf keinen Fall darf ein Raum, der mit künstlichem Ozon gefüllt ist, ohne spezielle Maske und Schutzkleidung betreten werden.

Blut nehme ich von seiner trockensten Form bis hin zur flüssigsten auf, meist mit einem Spachtel und einem Einweg-Vliestuch. Jedes Werkzeug wird nach Gebrauch entsorgt. Eine Desinfektion wäre erstens zu aufwändig und zweitens zu kostspielig. Sind Blut und Gewebe erst einmal grob entfernt, kommt ein spezielles Reinigungsmittel zum Einsatz. Es ist ein Reiniger, der die Fette und Eiweiße aufspaltet und die Reinigung somit erleichtert. Ich habe hierfür einige Zeit gesucht und bin über diesen ständigen Begleiter sehr dankbar. Er zeigt aufgrund seines schäumenden Effektes an, ob noch Spuren von Blutbestandteilen verblieben sind. Das ergibt eine sehr gute Kontrollmöglichkeit des Reinigungsergebnisses. Wir haben uns die Mühe gemacht, Tatorte mit der Spurensicherung zu kontrollieren, die mit und ohne diesen Reiniger gereinigt wurden. Das Ergebnis war für mich zufriedenstellend. Auch die Polizei zieht daraus Nutzen, weil es nachvollziehbar wird, welche Substanzen DNA vernichten. Bei fachgerechter Reinigung ist keine Spur mehr übrig. Abgesehen davon, dass an einem Tatort noch andere Spuren von Täter und Opfer zu finden sind. Aber hierbei geht es nur um das Blut an Oberflächen. Bei Textilien ist es schon schwieriger. Hierfür gibt es in Wien eigens eine Firma, die sich hauptsächlich mit der Reinigung von kontaminierten Textilien befasst.

Wenn ich an einen Tatort komme, mache ich mir natürlich sofort ein Gesamtkonzept, wie ich hier vorgehen werde. Es ist immer eine Herausforderung und nicht nur einmal stand ich da und war erst einmal sprachlos. Bisher habe ich aber immer einen Weg gefunden, wie der Leichenfundort wieder begehbar gemacht werden kann. Allerdings war es so, dass in einem der Häuser, in denen ich arbeitete, das Leichenwasser bis zur Decke angestiegen war. Die Wände waren derart vollgesogen, dass ich nur Schadens-Begrenzung anbieten konnte. Die Abwicklung der Verlassenschaft dauerte in diesem Fall sehr lange und leider kann ich nicht sagen, wie in weiterer Folge mit dem Gebäude verfahren wurde. Meiner Meinung nach handelte es sich hier fast um einen Totalschaden, bei dem so ziemlich alle Gebäudebestandteile, vom Bodenbelag bis hin zu den Wänden, entfernt und saniert werden mussten. Verschiedene Bauteile würde man versiegeln, zum Beispiel mit Epoxydharz oder speziellen Grundierungen und Farben.

Auf jeden Fall braucht man ein gutes und vertrauenswürdiges Entsorgungs-Unternehmen an seiner Seite, das all diese kontaminierten Gegenstände und Abfälle ordnungsgemäß entsorgt. Bei größeren Tatorten lasse ich immer Container aufstellen. Nur bei kleineren Leichenfundorten verladen wir den Müll, gut verpackt, in unsere Fahrzeuge und fahren ihn zur Deponie, wo wir auch explizit darauf hinweisen, dass es sich um Sondermüll handelt. Das ist sehr wichtig, damit er nicht nochmals sortiert wird und durch dritte Hände geht. Jedes Unternehmen, das Müll zu entsorgen hat, muss einen Nachweis erbringen, wo und wie entsorgt wurde. Beachtet man das nicht, kann das zu hohen Strafen führen. Das ist natürlich nur ein Auszug dessen, was bei einer Tatortreinigung alles zu beachten ist. In einem Buch wie diesem findet sich dafür nicht mehr Platz. Vielmehr würde es sicher helfen, Schulungen anzubieten, in denen dieses Wissen weitergegeben wird. Leider gibt es Derartiges noch nicht bei uns in Österreich, und es ist durchaus zu überdenken, Seminare anzubieten, um den Standard in der Reinigung von Leichenfundorten zu erhöhen.

GESCHICHTEN AUS DEM LEBEN

Oma-Mord: Ein brutales Ende

Ich frage mich, wo wir noch sicher sind. In unseren eigenen vier
Wänden, auf der Straße?

Während meiner Arbeit komme ich immer mehr zu dem
Schluss, dass es Sicherheit im wahrsten Sinn des Wortes nicht
mehr gibt. Wahrscheinlich liegt das auch an der Veränderung in
der Gesellschaft. In der Verlagerung der Werte und der Gesellschaftsschichten. Alles scheint sich grenzenlos zu verwischen.
Die Wertigkeiten von Recht und Unrecht scheinen sich aufzu-
heben. Dabei ist es doch das, was uns Halt und Sicherheit gibt.
Es erscheint als gesellschaftspolitisches Phänomen und die Latte
für Betrug und Gesetzlosigkeit liegt niedrig. Vielleicht wird
durch dieses Verhalten auch die Hilflosigkeit gefördert, die viele
Menschen überfällt. Keine Perspektiven zu haben, ist sicher ein
schwerwiegender Wegbegleiter. Leider fehlt in der Bevölkerung
auch die Achtung vor der Polizei.

In meiner Kindheit war ein Polizist noch die höchste Respekts-
person, der man als Bürger begegnen kann. Erschien ein Polizist
an einem Unruheort, so stellte sich bald Ruhe ein. Heute kann
der Polizist froh sein, wenn er halbwegs unbeschadet davon-
kommt.

Diese Gedanken begleiteten mich auf dem Weg zu meinem
Auftraggeber. Ich wurde von dem Sohn der Ermordeten angerufen. Er wohnte im selben Haus wie seine Mutter, kümmerte
sich liebevoll um sie und besuchte sie jeden Tag. Die alte Frau

war schwer gehbehindert und so war das für sie sicher jeden Tag eine willkommene Abwechslung. Der Anrufer war naturgemäß sehr verwirrt. Wie ich später hörte, stand er unter dem Einfluss starker Beruhigungsmittel. Ich betrat die Wohnung im zweiten Stock und sah schon im Vorzimmer die Blutspritzer an der Garderobe. Als ich im Wohnzimmer angelangt war, konnte ich Angst, Entsetzen und Brutalität fast körperlich spüren. Die alte Dame hatte sich ihr Heim sehr geschmackvoll und gemütlich eingerichtet. An den Wänden hingen schöne Gemälde, deren Wert ich nicht abschätzen konnte. Eine moderne und sehr gemütlich wirkende Couch stand genau unter dem Fenster. Ihr gegenüber zierte eine Schrankwand das Zimmer. Viele Bilder aus vergangener Zeit waren in hübschen, kleinen Rahmen aufgestellt und auch viel Nippes, wie ich es auch von meiner Oma kenne, hatte sich im Laufe der Zeit angesammelt. Auffallend war, dass es kein einziges Telefon in der Wohnung gab, wohl aber die Ladestationen dazu. Das irritierte nicht nur mich, sondern auch den Sohn der Verstorbenen und die Polizei.

Derartige Empfindungen, wie bei diesem Auftrag, machen mir die Arbeit nicht leicht. Die Kampfspuren waren noch sehr gut sichtbar und so spielte sich während der gesamten Reinigung ein unglaubliches Szenario vor meinen Augen ab. Durch die Stichverletzungen war die Körperflüssigkeit nahezu im gesamten Raum verteilt. Ich dachte an meine Oma und mahnte mich immer wieder zur Ordnung.

Nachdem ich mir ein Gesamtbild von dem Auftrag gemacht hatte, begann ich bei der Bodenreinigung. Zum Glück lag ein sehr dicker, handgewebter Teppich auf dem Parkettboden. Er hatte die meiste Flüssigkeit abgefangen. Ich verpackte ihn, um ihn später in die Reinigung zu bringen. Ich erfuhr, dass es sich um ein Erinnerungsstück handelte. Während des Aufrollens fiel mir ein goldener Ohrring vor die Füße. Der Verschluss war beschädigt und wieder drehte sich mir der Magen um, als ich mir vorstellte, welche Panik die alte Frau hatte und wie sie den Ohrring verlor.

Nun begann die Sisyphusarbeit. Sämtliche Blutspuren mussten gefunden und entfernt werden. Schwierig war das bei den Gemälden, da ich sie nicht beschädigen wollte. Sind es alte Gemälde, kann man nie mit Gewissheit sagen, welche Farben der Künstler verwendet hat. Manche Farben reagieren auf unsere Reiniger. Aber unserem Auftraggeber war es sehr wichtig, dass gerade sie von den Spuren befreit werden.

„Meine Mutter hat die Bilder geliebt. Wertvolles zu sammeln war ihr eine der wenigen geliebten Beschäftigungen, die ihr wegen ihres schlechten Zustandes geblieben waren", meinte er und Tränen füllten seine Augen.

Ich schwieg. Wieder einmal war ich in einer Situation, die mir unendlich leidtat, zu deren Besserung ich aber nichts beitragen konnte – meine eigene Gefühlswelt geriet ins Schwanken.

Sämtliche Textilien, die Couch, die Wände und Einrichtungsgegenstände mussten gereinigt werden. Einen ganzen Tag arbeitete ich an dieser Fundstelle. Ich erinnere mich, dass ich mich über meine Brille ärgerte, die mir ständig verrutschte und herunterfiel. Das bedeutete, dass ich sie immer wieder desinfizieren musste, und ich dachte während der Arbeit über die Möglichkeit von Kontaktlinsen nach. Wenn man nicht gut sieht, macht es die Reinigung sehr schwer, weil wirklich die kleinsten Blutspuren entfernt werden müssen, und die sind manchmal so klein wie eine Nadelspitze.

Nach diesem Auftrag hatte ich oft Träume. Ich träumte davon, wer der Mörder sein konnte, und spielte in meinem Traum unglaubliche Szenarien durch. Es dauert manchmal einige Zeit, bis man die Nachwirkungen eines Auftrages überwindet. Ich bin wirklich froh, dass man in diesem Fall Fortschritte in der Ermittlung gemacht hat. Dem Sohn der alten Frau wünsche ich das Beste und dass er seinen Schmerz irgendwann überwinden kann.

Du bist das Beste in meinem Leben

Sie heiratete ihren Mann mit 22 Jahren. Er war kein Mann der vielen Worte. Aber er liebte seine schöne Frau über alles.
Es liest sich fast wie der Beginn eines Märchens. Leider ohne Happy End.
Die beiden bauten den geerbten Hof aus, machten ein gut gehendes Lokal und eine Schlachterei daraus, zogen Ihre beiden Kinder groß. Margot arbeitete viel. Manchmal 17 Stunden am Tag. Aber sie beklagte sich nie. Die Arbeit sah ich an ihren Händen, ebenso das Leben in ihrem Gesicht.
Die Jahre vergingen und die beiden Kinder wuchsen heran. Sie entwickelten sich sehr konträr. Bis zum Schluss bat Johann den Sohn, doch das Geschäft zu übernehmen. Der dachte aber nicht daran, denn das war ihm zu viel Arbeit und Verantwortung. Es gab so den einen oder anderen Streit. Johann ist nun schon über 60 Jahre. Langsam möchte er mit seiner Margot das Leben genießen. Sie sitzen beisammen und er bedankt sich für die vielen schönen Jahre, sie plaudern und lachen bis weit in den frühen Morgen. Pläne werden geschmiedet über die Reisen, die man gemeinsam machen möchte.
Margot ist müde und geht zu Bett. Johann folgt ihr, nachdem er wie jeden Abend alle Türschlösser kontrolliert hat.
Irgendwann am Morgen steht Margot auf und geht zur Toilette, legt sich dann aber wieder hin, weil sie auch ihren Mann noch tief schlummernd im Bett neben sich sieht. Glücklich und zufrieden genehmigt sie sich nach dem langen vorangegangenen Tag noch ein paar Stündchen Schlaf. Heut muss nicht viel er-

ledigt werden. Als sie erwacht und wie jeden Morgen seit vielen Jahren auf das Bett neben sich greift, ist es leer. „Na", denkt sie sich, „der Johann wird die Zeitung holen." Mit diesen Gedanken geht sie in die Küche, um das Frühstück vorzubereiten. Als sie fertig ist, wundert sie sich, dass ihr Mann noch nicht da ist. Geduldig wartet sie. Vielleicht hat er jemanden getroffen und hat sich vertratscht. Lächelnd entschließt sie sich dann aber, dass sie die Zeit nutzen könnte, um ihre Morgentoilette zu erledigen. Gedacht, getan, steht sie von ihrer Küchenbank auf und geht zum Bad.

Als sie die Türe öffnen möchte, hakt diese. Sie probiert es noch einmal und noch einmal, aber die Tür bewegt sich nicht, sie scheint versperrt zu sein.

Sie beginnt zu schreien, hat plötzlich unerklärliche Angst. Angst um ihren Johann und dass ihm etwas mit dem Herz passiert sein könnte. Als ihre Bemühungen nichts ausrichten, sieht sie das Blut durch den Türspalt quellen. Verzweifelt ruft sie die Feuerwehr, welche auch gleich die Rettung mitbringt. Nach kurzem Werken an der Tür ist diese auch schon aufgebrochen. Margot sieht nicht in das Badezimmer. Man schiebt sie zur Seite. Und das ist auch gut so. Ihr Johann liegt im Badezimmer. In den Morgenstunden, es muss nach Margots Toilettengang gewesen sein, nahm er sein Jagdgewehr aus dem Schrank, setzte es am Waschtisch auf und schoss sich in den Kopf. Margot ist ganz ruhig. Ruft ihre Tochter an. Der Schock sitzt tief und der Notarzt versorgt sie mit den nötigen Medikamenten.

Sie hat nicht ins Badezimmer geschaut. In ihrem Kopf dreht sich nur ein Gedanke. Ich bin allein. Warum? Ich bin allein.

Warum hat er mich verlassen? Mein Johann. Er hat gesagt, dass er mich liebt. Wieso geht er dann von mir weg?

Am selben Tag erreicht uns der Anruf des Bestatters, der ebenfalls geschockt ist von den unglaublichen Vorkommnissen. Erschüttert gibt er mir die Telefonnummer der Tochter durch. Als ich sie anrufe, wirkt sie gefasst. Es ist Freitagmittag. Ich arbeite lieber bei Tageslicht. Deshalb vereinbaren wir einen Termin am folgenden frühen Morgen. Natürlich ist es nicht immer einfach, das geplante Wochenende gegen einen Auftrag zu tauschen, aber der Tod kündigt sich nun einmal nicht vorher an und ist somit nicht planbar.

Als ich eintreffe, sehe ich eine Frau kleinerer Statur über den Hof huschen. Eine junge, hübsche Frau begrüßt mich. Es ist offenbar die Tochter. Ihre Augen sind rot umrändert, doch sie ist gefasst. Der Arzt hat auch sie mit Medikamenten versorgt. Da ist er wieder, dieser Blick. Suchend, selektiv. So als wolle man feststellen, was ich dazu sage. Ich sage nichts. Denke nichts. Nehme wahr und nehme die Umstände auf. Wenn ich arbeite, erlaube ich mir nicht über die näheren Umstände des Gewaltaktes nachzudenken. Das würde mich an meiner Arbeit hindern. Oft werde ich gefragt „Wie machen Sie das nur? Sie sind eine so zierliche Frau und dann dieser Beruf?". Ich halte dieses Denken für oberflächlich und es verärgert mich. Schließlich gibt es auch andere Berufe, die sich mit dem Tod auseinandersetzen müssen und den Leichnam sogar noch in all seinen Zersetzungsstadien sehen. Auch Polizei, Gerichtsmedizin und Bestatter wie auch Sanitäter und Ärzte sehen fast täglich den Tod. In all diesen Berufsfeldern gibt es Frauen jeden Aussehens und jeder Statur.

Niemand käme je auf den Gedanken, zu hinterfragen, warum sie sich für diesen Beruf entschieden haben. Sicher dringe ich in eine Männerdomäne ein. In unserer Gesellschaft gibt es zwar schon sehr viele Frauen in allen Arbeitsbereichen, dennoch ist bei Feuerwehr, Polizei und Bestattung noch immer die Überzahl der Beschäftigten männlich. Auch in der Sonderreinigung sind Frauen nicht unbedingt häufig anzutreffen.

Wenn ich komme, ist die Leiche bereits weg und ich ziehe den Hut vor all diesen Institutionen und Menschen, die mit dem Leichnam selbst noch zu tun haben.

Ich werde an den Tatort geführt. Die junge Frau wirkt trotz ihrer Gefasstheit wie ferngesteuert. Sie steht unter Schock. Ich habe das schon viele Male gesehen. Als wolle sie noch etwas für ihren Vater tun und mir helfen, schafft sie einen Korb herbei, in den sie alle noch rettbaren Gegenstände stellt. Vorsichtig, geradezu behutsam, als wäre es ein heiliger Akt. Vorsichtig mache ich sie darauf aufmerksam, dass es besser ist, Handschuhe zu tragen, und reiche ihr ein Paar. Sie desinfiziert ihre Hände, zieht die Handschuhe an und sagt dann aber, dass es ja ihr Vater ist und sie da keinen Ekel habe. Dieses Denken stellt eine Problematik dar, die man nicht unterschätzen sollte. Schließlich weiß man nicht, ob der Verstorbene Träger einer Krankheit war oder nicht. Auch wenn die Familie davon nichts weiß, so kommt es doch vor. Nicht jede Leiche wird nach dem Ableben in der Gerichtsmedizin untersucht, ebenfalls nicht das Blut auf Krankheiten. Bei einem Suizid liegt ja die Todesursache vor. Es wird am Tatort lediglich festgestellt, ob eventuell Fremdeinwirkung anzunehmen ist.

Ich erkläre der jungen Frau, was ich jetzt tun werde. Vorsichtig trägt sie schon eine Weile eine Kasserolle in Händen herum und erklärt dann, dass der Bestatter noch etwas von ihrem Vater vergessen hat. Sie steht da und sieht mich an. „Das muss man doch sehen. Fast das ganze Gehirn lag in der Badewanne", schaut sie mich klagend an. „Der Bestatter kommt aber erst Montag und holt es ab."

Makaber! Aber das passiert.

Sie geht damit umher und stellt die Kasserolle dann in eine Ecke vor das Badezimmer. Es ist ein Tag, an dem die Sonne fast zum Trotz ihr Bestes gibt.

Scheinbar ruhig fragt sie, ob ich etwas trinken möchte, und entschuldigt sich, dass das Lokal heute geschlossen ist. Diese Abstrusität trifft mich und ich beteuere, dass ich versorgt bin. Sie geht und erklärt mir, dass sie versuchen wird, ihre Mutter daran zu hindern, heraufzukommen. Ich halte das für eine gute Idee und mache mich an die Arbeit.

Es ist sehr viel Blut auf dem Boden und an den Wänden, in der Badewanne, bis an die Badezimmerdecke. Es riecht metallisch und ein seltsamer Menschengeruch mischt sich dazu. Keinen dieser Gerüche würde ich jemals vergessen. Jeder für sich ist ein Unikat. Da das Gehirn zu circa fünfundfünfzig Prozent aus Eiweiß und zu vierzig Prozent aus Fett besteht, ist die Reinigung von Oberflächen, im Besonderen von Wänden sehr schwierig. Es bedarf viel Erfahrung und verschiedenster spezieller Reiniger, um diese Rückstände entfernen zu können. Wir tragen immer einen kompletten Schutzanzug, Handschuhe und Maske. Die Art der Maske richtet sich nach der Art des Tatortes.

Blut verdickt sich nach einigen Stunden und wird wie Gelee, bevor es eintrocknet. In diesem Stadium kann man es leicht und rasch aufnehmen. Manche Krankheitserreger überdauern auch unter schlechten Bedingungen Jahre. Somit bliebe auch das Risiko, dass eine Krankheit weiterhin übertragen werden kann, bestehen. Aus unter anderem diesem Grund ist die Reinigung eines Leichenfundortes unbedingt fachmännisch vorzunehmen. Auch nach einer optischen Reinigung sind Blutbestandteile für uns sichtbar. Ich nehme einen breiten Spachtel, eine Metallschaufel und Vliestücher zu Hilfe. Überhaupt brauche ich bei diesem Tatort eher Blutreinigungsmittel, Desinfektionsreiniger und Dichtfarbe für die Wände.

Als die junge Frau nach drei Stunden wieder heraufkommt, sind die meisten Spuren entfernt und teilweise auch die Wände von Blut und Gehirnmasse befreit. Es klingt sehr makaber oder für den einen oder anderen Menschen abgebrüht. Aber wenn wir arbeiten, denken wir nicht darüber nach, wessen Überreste dies sind oder was diesen Menschen schlussendlich zu diesem Schritt bewegt hat. Wir wissen es nicht. Und wir fragen nicht. Wir kommen und helfen den Angehörigen.

Die junge Frau kommt wieder herauf und ist sichtbar erleichtert, als sie sieht, dass der Fliesenboden schon blutfrei ist. Die Sonne lacht vom Himmel, als wolle sie alles Schreckliche wettmachen. Nach einem kurzen Blick auf die Kasserolle in der Ecke mache ich sie darauf aufmerksam, dass es aufgrund der Wärme vielleicht besser wäre, die sterblichen Überreste ihres Vaters kühl zu stellen. Sie nickt, hebt sie hoch, sieht mich mit einem schmerzhaften Blick an und sagt: „Aber das ist doch mein Vater.

Ich habe es vorher nicht geschafft. Aber ich glaube, Sie haben recht". Mir gibt es einen Stich und ich verstehe ihre Gedanken. Aber sie ist tapfer und geht damit zum Kühlhaus. Wenn ich jetzt darüber nachdenke, ist es so unfassbar, dass ich nicht nachvollziehen kann, wie diese junge Frau das geschafft hat. Ich konzentriere mich auf die Arbeit. So habe ich mich wieder im Griff. Die Tür des Badezimmers halte ich stets verschlossen. Man kann ja nicht wissen, wer heraufkommt. Und dann steht sie vor mir. Den Blick dieser Frau werde ich nie vergessen. Ich kann ihn nicht einordnen zwischen irr und böse. Der gesamte Gesichtsausdruck war so surreal. Ich verspürte eine gewisse Angst vor dieser kleinen Frau. Und ich erinnere mich, dass ich mir dachte, hoffentlich tut sie mir nichts, weil ich jetzt die Überreste ihres Mannes wegarbeite.

Sie sieht mich an und fragt mich, als würde sie sagen wollen, was es morgen Mittag zu essen gibt: „Warum lässt er mich jetzt alleine?" Ich stehe vor ihr und kann es ihr nicht sagen, wie schon so oft nicht. Ich möchte ihr helfen und vermag es nicht. Wieder fragt sie, warum sie ihr Mann jetzt alleine lässt, und ich sage nichts. Nehme sie in den Arm und sie lässt es zu, als hätte sie darauf gewartet.

Sie erzählt mir, wie nett sie noch bis in die frühen Morgenstunden mit ihrem Mann gesprochen hat. Er sagte ihr, wie sehr er sie liebe, und erzählte ihr, dass er wie vom Blitz getroffen war, als er sie das erste Mal bei dem Hoftor hereingehen sah.

Ich ersuche sie, sich zu setzen. Aber sie bleibt stehen und sieht mich an. Erzählt von ihrem Sohn und ihrer großen Liebe. Dann geht sie in die Küche und setzt sich. Ich sage ihr, dass ich jetzt weitermache, und gehe wieder ins Badezimmer. Frau Margot ruft mir zu, ob ich ein Joghurt möchte. Ich bedanke mich, schließlich möchte ich einerseits fertig werden, andererseits geht mir die Geschichte an den Magen und ich bin froh, dass ich mich wieder auf etwas anderes konzentrieren kann.

Der Spiegelschrank muss abmontiert und entsorgt werden. Durch das Einschlagen des Projektils wurde er komplett zerstört. Ebenso das Waschbecken, wo offenbar der Griff des Gewehres aufgesetzt wurde. Sie sehen also, dass es durchaus auch vorkommen kann, dass man mit Schraubenzieher und Hammer ans Werk gehen muss.

Die Arbeiten gehen gut voran und ich sehe langsam Licht am Ende des Tunnels. Endlich, nach sieben Stunden Arbeit, sind alle Spuren beseitigt. Ich bin zufrieden, ziehe meine Schutzkleidung aus und entsorge sie in einem Sack, der fest verschlossen und auf der Deponie sofort verbrannt wird. Alle anderen kontaminierten Gegenstände hatte ich zuvor schon in Säcke verladen und gut verschnürt. Jetzt geht es daran, alle Reinigungsutensilien und den gut geschützten Abfall wieder im Fahrzeug zu verstauen. Wieder vergeht eine halbe Stunde, dann bin ich fertig und gehe zu Frau Margot und ihrer Tochter in die Küche, um die Arbeitsscheine unterschreiben zu lassen. Frau Margots Augen sind entspannter, aber rot umrandet. „Setzen Sie sich noch ein wenig zu uns?" – „Gerne", sage ich und nehme am Küchentisch Platz. Es ist der „Königsplatz", wird mir erklärt. „Da saß immer mein Mann", sagt sie und plötzlich sehe ich in gütige grüne Augen.

Was für eine Tragik, was für ein schlechtes Theaterstück, das das Leben hier spielt.

Frau Margot schiebt mir Fotos über den Tisch. Allesamt von ihrem Johann auf dem Hof, mit dem Hund, mit den Kindern, als stolzer Jäger. Johann hat einen so reinen, hellen und klaren Gesichtsausdruck, mit so viel Güte in den Augen, und ich frage mich jetzt, was ihn zu diesem Schritt bewogen hat. Der Schmerz ist im Raum spürbar, aber in dieser Zeit entspannt sich die Situation. Es wird erzählt, manchmal fliegt mir ein Lächeln zu und wüsste ich es nicht besser, würde ich die Lebenskrise dieser Leute in diesem Ausmaß nicht vermuten. Die Familie fragt mich, welches der Fotos ich denn für die Parte am schönsten finde, und schließlich gibt es auch hier eine Einigung. Es wirkt unwirklich auf mich.

Als ich zu erkennen gebe, dass ich nun gehen werde, kommt wieder Unruhe in die Frauen. Etwas, was ich schon oft beobachtet habe. Frau Margot steigen wieder die Tränen in die Augen. Ich verabschiede mich und gehe zu meinem Fahrzeug.

Das Tor wird geöffnet und man winkt mir zum Abschied. Ich fahre nach Hause und habe das Gefühl, etwas wirklich Gutes und Wichtiges getan zu haben.

Jugend schützt nicht vor dem Tod

Eines Tages wurden wir von einem Ehepaar gerufen, es gebe einen Todesfall und ob wir diese Wohnung reinigen würden.

Wenn ein Leichenfund angekündigt wird, ist es verständlich, dass ich nach dem Hergang fragen muss, also Todesart und Todesursache, um die richtigen Vorkehrungen für die Reinigung zu treffen. Also erkundigte ich mich danach, was passiert sei. Ich bewundere jedes Mal aufs Neue die Menschen, wie tapfer sie ihre Last tragen. Aber mir ist auch klar, dass sie unter Schock stehen, und so kann man doch behaupten, dass der Mensch ein Wunder der Natur ist. Wäre da nicht der Schock, könnten wir vieles nicht überstehen.

Ich nahm alle Daten auf und vereinbarte einen Termin. Mein Mitarbeiter bekam alle Details und bereitete das Fahrzeug für den nächsten Tag vor. Es handelte sich um den Suizid eines jungen Mannes. Ich musste schlucken, denn meine Tochter war nur wenige Jahre jünger.

Die Geschichte eines jeden Menschen ist so individuell wie sein Fingerabdruck. Dieser junge Mann verkraftete einfach die Problemstellung des Lebens nicht. Es liegt in der Hand der Eltern, ob die nachfolgende Generation das Leben meistert oder nicht. Für mich gilt hier Hilfe zur Selbsthilfe. Wenn man ihnen zu viel abnimmt und zu wenig selbst überlässt, werden sie wohl scheitern.

So hatte es auch für mich in diesem Fall den Anschein, davon jedoch später. Am Elternhaus angelangt erfuhr ich, dass der Sohn unweit in einer kleinen Wohnung wohnte. Er zog sich immer mehr zurück und die Eltern wussten keinen Rat, weil er auch immer weniger Kontakt zu ihnen suchte. Mit dem Vater fuhren wir im Konvoi zu dem vermeintlichen Tatort. Betroffen blieb er vor der Wohnungstür stehen und sah mich fragend an. Ich wusste, was er meinte, und sagte ihm, es sei sicher nicht seine Schuld, was hier passiert sei, und dass er auch nicht in die Wohnung hineingehen müsse, wenn es ihm schwerfalle. Er war sichtlich erleichtert. So vereinbarten wir, was alles entsorgt werden soll und woran ihm noch etwas lag. Immer unter der Voraussetzung, dass die Gegenstände nicht kontaminiert waren. Ebenfalls vereinbarten wir die Sicherstellung von Wertgegenständen und Dokumenten. Diese werden von uns so weit als möglich desinfiziert und einzeln verpackt. Er übergab mir die Schlüssel und verließ das Haus. Jetzt würde sich herausstellen, was tatsächlich geschehen war. Wir zogen vor der Tür unsere Schutzkleidung an und machten uns daran, die Türe zu öffnen. Der Schlüssel im Schloss klickte, noch einmal. Dann schnappte die Tür auf. Entsetzen sprang uns entgegen. Ich war froh, dass dem Vater der Anblick erspart blieb.

Die Wohnung bestand aus einem Vorraum mit angrenzendem WC. Von da aus ging es weiter in das große Wohnzimmer, ins Badezimmer und die sehr kleine Küche.

Es roch, als würde man Fleisch einige Tage ungekühlt liegen lassen mit einer Mischung aus Schimmel, Blut und dem Geruch nach Hund.

In der gesamten Wohnung, an Wänden, Böden und Möbeln war das teilweise eingetrocknete Blut dieses jungen Menschen verteilt. Welche Verzweiflung musste ihn getrieben haben?

Er hatte sich die Adern aufgeschnitten und das offenbar wissend, wie er es tun musste, um die Blutmenge in seinem Körper so stark zu reduzieren, dass er sterben würde.

An den Wänden fanden sich Fingerabdrücke, Handabdrücke und auf dem Fußboden erkannten wir seine Fußabdrücke. Offenbar war er noch einige Male hin- und hergegangen, als ihn die Leben gebende Flüssigkeit verließ. Er ging in die Küche, in das Vorzimmer und auf das WC. Als ich dies realisierte, wurde mir im Magen flau. Nicht wegen der großen Menge Blut, sondern weil hier jemand mit geöffneten Schlagadern durch die Wohnung gegangen war und auf seinen Tod gewartet hatte. Von seinen Angehörigen wusste ich, dass er seit Kurzem einen Hund hatte. Ich stellte mir vor, wie das Tier dieses gespenstige Treiben erlebt hatte. Da ich selbst seit vielen Jahren einen Hund habe, ist mir klar, dass das Tier dies spürte. Von der Rettung und der Polizei wurde der Hund blutüberströmt gefunden und in ein Tierheim gebracht, wo man sich um ihn kümmerte. Berichte sagen, dass Tiere, wenn das Herrl oder Frauerl gestorben ist, den Leichnam beginnen anzufressen. Eher ist es so, dass die Tiere die Körper abschlecken. Durch den fehlenden Blutkreislauf wirkt die Zunge der Tiere wie ein Reibeisen und verursacht so Wunden. Ein Hund ist ein Rudeltier und der Mensch an seiner Seite ist ein Mitglied davon. Es liegt ihm also fern, den Leichnam des verstorbenen Herrchens anzuknabbern. Das Tier befindet sich allerdings in einem Konflikt. Nach einer Woche oder mehr kann es schon sein, dass der Überlebenswille und der Hunger überwältigend sind und das Tier sich an den sterblichen Überresten gütlich tut.

Ich habe das aber noch nie erlebt beziehungsweise aus den Reihen der Polizei bestätigt bekommen, dennoch gibt es Berichte darüber.

Sosehr ich mich auch bemühte, ich konnte nicht nachvollziehen, was in einem Menschen vorgeht, der eine derartige Tat begeht. Später erfuhr ich, dass der mit dem Blutverlust verbundene Zusammenbruch des Blutkreislaufs rasch zum Tod führt. Je nachdem, wie schnell oder langsam der Blutverlust vor sich geht, kann dies von Sekunden bis zu Stunden dauern. Der Blutverlust führt zu einem hämorrhagischen Schock. Man spricht auch von einem Volumenmangel-Schock, also einem Mangel an Flüssigkeit. Hat der Mensch einmal eineinhalb Liter Blut verloren, verspürt er starkes Durst- und Schwächegefühl, die Atmung beschleunigt sich. Nach weiterem Blutverlust treten Panik und Angst ein, wodurch ich mir erklären konnte, warum der Verstorbene in der Wohnung umherirrte und in der Küche beim Wasserhahn war. Wenn man mehr als zwei Liter Blut verloren hat, fühlt man sich schwindelig und verliert schlussendlich das Bewusstsein. Durch die massive Reduktion des Blutvolumens bricht der Blutkreislauf zusammen, was wiederum zum Tod führt. In diesen Fällen passiert es auch, dass sich alle Pforten öffnen und Stuhl und Urin den Körper verlassen. Eine für uns immer wieder unangenehmere Aufgabe. Aber das gehört nun einmal dazu.

Wie gesagt, diese Erklärung fand ich erst später. Wie ich im Allgemeinen immer wieder nach Erklärungen für Phänomene, die ich an Tatorten finde, suche. Es hilft mir, das Gesehene und Erlebte zu verarbeiten.

Nachdem wir also die erste Besichtigung hinter uns gebracht hatten, machten wir uns an die Arbeit. Als Erstes zerlegten wir das Doppelbett. Dort war der junge Mann offenbar zusammengebrochen und verstorben. Wir wussten, dass er circa sieben Tagen dort gelegen haben musste. Es war Herbst und zu dieser Zeit nicht besonders kalt. Fliegen gab es keine mehr, zumindest keine lebenden. Ihnen wurde die Nahrungsquelle entzogen. Neben dem Bett lag noch eine von Blut überströmte Hundedecke. Ich wischte alle Gedanken beiseite und konzentrierte mich auf die Arbeit. Peter sah ich an, dass es auch ihm naheging. Mit der Axt machten wir Kleinholz aus dem blutigen Bett, verpackten die einzelnen Teile und verluden sie zur späteren Entsorgung. Natürlich musste auch die Matratze entsorgt werden. Bis auf ein kleines Fernsehschränkchen blieb nichts stehen. Je nach Beschaffenheit und Art des zu entsorgenden Mülls fahren wir verschiedene Entsorgungsstellen an. Vom Sperrmüll bis Sondermüll ist alles vertreten. Fallweise wird der Müll sofort in den Verbrennungsanlagen verbrannt.

Während Peter sich um das Grobe kümmerte, sicherte ich die Dokumente und Wertgegenstände. Es gab nicht viel, was wirklich von Wert war. Aber manches ist für die Hinterbliebenen wichtig. Dafür muss man den richtigen Blick und ein gewisses Einfühlungsvermögen haben. Ich stellte fest, dass der Verstorbene Medikamente wie Beruhigungs- und Schlaftabletten einnahm. Einige Schachteln davon fand ich und wieder dachte ich über ihn nach. Immer wieder fiel mir meine Tochter ein und ich war froh, eine solch gute Verbindung zu ihr zu haben. Sie ist für mich die wichtigste Person in meinem Leben.

Die Badewanne war randvoll mit Wasser und Blut gefüllt. Also machten wir uns darauf gefasst, auch den Abfluss reinigen zu müssen. Eine immer wieder schwierige Aufgabe. Es ging ein beißender Geruch davon aus. Ein gespenstiger Arbeitsort.

Systematisch verpackten und entsorgten wir jeden einzelnen Gegenstand, bis die Wohnung leer war. Nun ging es an den Fußboden. Er war so stark von Blut, Fäkalien und Körperflüssigkeiten durchtränkt, dass wir nicht zögerten, ihn herauszureißen und ebenfalls zu entsorgen. So blieb uns die Reinigungs- und Desinfektionsarbeit. Das Blut war zwischen dem Türstock im Badezimmer tief in den Boden eingedrungen. Also mussten dort auch Staffel und Unterboden herausgestemmt werden. Nach der Reinigung war der Geruch noch nicht aus der Wohnung. Hier hilft nur noch Ozon – ein Treibhausgas, das allen Gerüchen den Garaus macht. Es ist hochgiftig und ich warne an dieser Stelle davor, selbst damit zu hantieren. Bei nicht ausreichendem Schutz und Kontakt mit dem Gas ruft es Schäden an Lunge, Augen und Schleimhäuten hervor. Es hat zum Beispiel eine lähmende Wirkung auf den Augenmuskel.

Ich werde nicht müde, immer wieder darauf hinzuweisen, dass die Reinigung derartiger Tatorte nur und einzig durch ein dafür befähigtes Unternehmen durchgeführt werden soll. In unserem Land herrschen absolut gute hygienische Bedingungen. Wir haben Gesetze, die besagen, wer derartige Schauplätze wie zu reinigen hat. Die professionelle Tatortreinigung hat ihren Ursprung in Amerika. Dort ist dieser Beruf schon ein anerkannter Lehrberuf. Leider ist das bei uns noch nicht so und auch die Kenntnis, dass es überhaupt einen Tatortreiniger gibt, ist leider noch nicht allzu hoch. Bei uns in Österreich gibt es die offizielle Form der Tatortreinigung erst seit circa drei Jahren. Zwei Jahre davon bin ich im Einsatz für Hygiene und Sicherheit. Die Frage, wer vordem entsprechende Maßnahmen ergriffen hat, ist berechtigt. Einzelne Reinigungsunternehmen haben sich daran probiert, scheiterten jedoch meist am mangelnden Personal. Es gibt nun einmal nicht so viele Mitarbeiter, die derartige Arbeiten durchführen möchten und können. Auch Bestatter übernahmen die Reinigung teilweise und ein Großteil der Fälle blieb den Angehörigen überlassen.

Wenn man davon ausgeht, dass bis vor hundert Jahren all die hygienischen Maßnahmen noch im Argen lagen und sich durch Nichtwissen und Unachtsamkeit Krankheiten wie ein Lauffeuer im Land verbreiteten, können wir uns sehr glücklich schätzen über den jetzigen Status der Hygiene. Dass das so bleibt, dafür setze ich mein Wissen und Können ein.

Wir bereiteten also alles für die Ozonbehandlung vor und verließen die Wohnung. Zurück bei den Eltern des Verstorbenen erfuhren wir, dass der junge Mann für ein Jahr im Gefängnis war. Es wurde ihm ein Drogendelikt vorgeworfen. Nach dem Verlassen desselben fasste er nicht mehr Fuß. In dem kleinen Ort wusste natürlich jeder davon und mied somit die Familie. Das erinnert mich an Geschichten vergangener Jahrhunderte, wo Menschen auch wegen ihrer Überzeugungen verfolgt und getötet wurden. Jeder schreit nach Gerechtigkeit und Gleichberechtigung, aber niemand ist bereit, diese dem Nächsten einzuräumen. Sehr traurig und in diesem Fall verhängnisvoll.

Die Angehörigen luden uns zu ihrem geplanten Adventfest ein. Sie zogen im darauffolgenden Jahr nach Deutschland, wo niemand sie wegen ihres Schicksals mied.

Büroalltag

Wie gut man auch glaubt, einen Menschen zu kennen. Es bleibt uns doch immer ein Teil von ihm verborgen. In den meisten Fällen von Selbstmorden können Hinterbliebene oder Freunde nicht sagen, warum dieser Mensch zu solchen Mitteln gegriffen hat. Es gab oft keine augenscheinlichen Hinweise auf eine Verstimmung, Krankheit oder Probleme. Und wenn wir auch noch so sehr achtgeben würden, wir würden es meist nicht erkennen. Es ist schon einige Zeit her, da wurden wir zu einem Selbstmord in ein Architekten-Büro gerufen. Als ich das Ausmaß der Tat sah, wusste ich, warum keiner der Angestellten das Büro betreten wollte. Die Tat war vor circa drei bis vier Tagen passiert. Es war November und das Wetter passte zu dem Ereignis. Kälte und Feuchtigkeit überzogen das Bundesland. Wir hatten hier einen Raum von etwa zwanzig Quadratmetern zu reinigen. Der Verstorbene hatte sich mit einer Schrotflinte in den Kopf geschossen. Es sind für uns Fundorte, die sehr arbeitsintensiv sind und uns vor immer neue Herausforderungen stellen. Wenn man in einem solchen Fall nicht weiß, wo man beginnen soll und wie der richtige Ablauf der Reinigung zu sein hat, ist es unmöglich, ein zufriedenstellendes Ergebnis zu erzielen. Nach zwei bis drei Tagen ist das Blut schon gestockt und teilweise angetrocknet. Das erleichtert die Arbeit. Stück für Stück arbeiteten wir uns in dem Raum vor. Die Blutspritzer reichten bis in das angrenzende Vorzimmer.
Oft ist es schwierig, nicht den Überblick zu verlieren. Bei diesem Tatort kam eine Besonderheit hinzu. Es war der Raum, in dem die Akten aufbewahrt wurden, und auf dem Schreibtisch

darin lagen sämtliche noch nicht verarbeitete Akten lose herum. Das hatte zur Folge, dass das Papier mit Blut und Liquor durchtränkt war. Eine Katastrophe!

Ich sicherte die noch zu verwertenden Dokumente und verpackte sie, um sie später zu verladen. Es waren riesige Berge Papier und ich brauchte dafür einige Stunden.

Die Sicherung und Reinigung wichtiger Dokumente ist ein Bestandteil unserer Arbeit. Es erfordert viel Wissen über diverse Schriftstücke und darüber, ob man eine weitere Verwertung aufgrund der Kontamination verantworten kann. Nicht zuletzt ist eine gute Gesprächsbasis mit den Hinterbliebenen unumgänglich, wobei auch das nötige Fingerspitzengefühl nicht fehlen darf. Schließlich geht es um sehr intime Angelegenheiten der Familie.

Mein Mitarbeiter war indes mit der groben Reinigung der Böden und Gegenstände beschäftigt. So stellte er fest, dass die Sprengkraft des Projektils das Blut in die kleinsten Ritzen des Büroschränkchens gedrückt hatte. Wir beschlossen, es zu entsorgen. In einem Fall wie diesem ist es klar, dass auch Gehirnmasse von Wänden und sämtlichen Gegenständen zu entfernen ist. Sie war im gesamten Raum verteilt.

Im Vorzimmer arbeitete tapfer die Sekretärin des Unternehmens. Hin und wieder kam sie zaghaft zu mir und versicherte, dass der Chef gestern noch Scherze trieb, wie immer. Es gab nichts, was eventuell auffällig gewesen wäre. Sie schaute mich an und stellte mir diese eine Frage, die mich immer ratlos macht. Warum macht jemand so etwas? Ich antwortete ihr, dass man das zu diesem Zeitpunkt nicht sagen könne, aber vielleicht komme ja noch etwas, mit einem Hinweis darauf, zum Vorschein.

Es wurde Abend.

Die Sekretärin verabschiedete sich und bat uns, den Schlüssel in den Postkasten zu werfen.

Natürlich kommt einem der eine oder andere Gedanke in den Sinn – besonders, wenn man schon müde ist. So ist es auch gespenstisch, mitten in der Nacht die Überreste eines Menschen zu entfernen. Die Anspannung selbst bemerken wir allerdings erst immer später, wenn alles vorbei ist – manchmal auch erst am nächsten Tag. Die Auswirkungen stellen sich unterschiedlich dar. Es kann sein, dass ich einfach unglaublich müde bin, so als würde meine Seele ein Vielfaches meines Eigengewichtes wiegen. Oft kommen meine Gedanken nicht zur Ruhe und spielen in meinem Kopf Fangen. Leider ist es oft so, dass eine Auszeit nicht möglich ist, und ich war auch schon so weit, dass ich mir dachte, ich kann das nicht mehr. Aber diese Arbeit lässt mich dennoch nicht los. Sie fesselt mich mit all ihren Facetten. Als im Vorzimmer des Büros plötzlich drei Blumentöpfe vom Fensterbrett fielen, beschlossen wir eine kurze Pause zu machen, um uns von dem Schreck zu erholen. Später lachten wir darüber. In dem Moment aber steckte uns der Schreck in den Knochen, denn es gab keinerlei Anzeichen dafür, warum diese Blumentöpfe herunterfielen.

Wir hatten gerade einmal die Hälfte des Raumes gereinigt. Es sah nach Nachtschicht aus. Aber schließlich waren alle Akten gesichert, der Abdruck des Gehirnes am Boden sowie Blut und Körperflüssigkeiten entfernt und alle Oberflächen gereinigt und desinfiziert. Wir achten immer peinlich genau darauf, dass alle Möglichkeiten der Kontamination kontrolliert und gereinigt sind. Das ist zeitaufwändig, im Besonderen durch die starke Streuung mit einem Schrotgewehr. Aber das sind wir unseren Kunden schuldig. Um halb zwölf Uhr nachts schlossen wir die Tür des Büros. Wir fuhren nach Hause und waren vierundzwanzig Stunden im Dienste unseres Kunden unterwegs. Die Fahrt selbst dauerte noch zweieinhalb Stunden. An dieser Stelle möchte ich erwähnen, wie stolz ich auf meine Mitarbeiter bin, die diese Einstellung mit mir teilen. Am nächsten Tag nahmen wir uns frei, schließlich gibt es Ruhezeiten, die einzuhalten sind. Hier, so erfuhren wir, hat sich jemand das Leben genommen, der augenscheinlich alles hatte – Erfolg, eine hübsche Frau, zwei erwachsene Kinder, Reichtum. Etwas hat ihn aber dennoch dazu bewegt, dieses Leben nicht weiterführen zu wollen. Wir werden es nicht erfahren. Es bleibt im Dunklen.

Bis dass der Tod uns scheidet

Ein Ehepaar, das schon seit Gedenken verheiratet war, beschloss gemeinsam zu sterben. Die Geschichte ist eigentlich rasch erzählt und hatte von Seiten der Reinigung her keine spektakulären Highlights.
Es stand in der Zeitung.
Ehepaar ging nach einem glücklichen, gemeinsamen Leben in den Tod.
Wir wurden gerufen, um die Reinigung vorzunehmen.
Ein Schlafzimmer. Sehr schön, sehr geschmackvoll eingerichtet.
Der Geruch war der, den ältere Menschen oft an sich tragen.
Dazu mischte sich der Geruch von Verwesung.
An einem Tag– niemand weiß, wann und bei wem – besorgte der ältere Herr zwei Schusswaffen. Nach Aussage der Angehörigen wurde ihm aufgrund seines hohen Alters kein Waffenbesitzschein mehr ausgestellt. Irgendwie schaffte er es dennoch, sich diesen zu organisieren. Und niemand wusste davon.
Über dem Ehebett, an der Seite der Frau, hing ein Foto ihres Mannes aus vergangenen Jahren. Kluge und klare Augen sahen uns an. Auf der anderen Seite das Foto einer bildhübschen jungen Frau. Die Fotografie stammte wohl aus den siebziger Jahren. Das Bett war stark mit Blut durchtränkt. In der Ecke stand ein Hocker, auf dem vermutlich der Ehemann saß, als er sich das Leben nahm.
Wahrscheinlich schieden sie etwa zur gleichen Zeit aus dem Leben. Zwei Menschen, die ihr Leben lang gemeinsam durch dick und dünn gegangen sind, waren jetzt alt und krank, keiner

wollte ohne den anderen zurückbleiben. Wenn man bedenkt, dass diese beiden Menschen einen Krieg miterlebt haben, Hunger, Angst und Not, dann kann ich mir gut vorstellen, wie schlecht es den beiden seit der Krankheit der Frau ging. Zusammengewachsen sind sie in den Jahren der Not und des Glücks. Diese Geschichte machte mich sehr nachdenklich. Wie weit ist dieses Denken noch in unserer Gesellschaft verbreitet? Nicht, dass ich es befürworte, Selbstmord zu begehen, wenn ein geliebter Mensch stirbt. Aber diese Verbundenheit zwischen Menschen, die findet man heute nur noch selten.

Kinder, Ehe und ein Haus

Vor einiger Zeit wurde ich von einer Frau angerufen. Sie stellte sich als Nachbarin einer Familie im Burgenland vor. Sie berichtete mir, dass ihre Nachbarin von deren des Hauses verwiesenem Ehemann erstochen worden war, und wollte wissen, wann wir kommen könnten. Ich hörte ein Knacken im Telefon und hatte plötzlich eine Männerstimme dran. Sehr jung schien sie mir. Er stellte sich als der fünfundzwanzigjährige Sohn der Ermordeten vor. Die Tatsache, dass dieser junge Mensch uns beauftragen wollte, die Spuren des Kampfes seiner Eltern zu beseitigen, rührte mich sehr. Überhaupt war mir nicht klar, wie er in seinem Alter so gefestigt mit mir über den Mord sprach. Er bat mich seiner jüngeren Schwester zuliebe das Haus in einen Zustand zu versetzen, dass es aussah, als wäre die Mutter nur einkaufen gegangen. Wir fuhren noch am selben Tag zu dem Tatort. Die Anfahrt war sehr einfach, jedoch länger, als ich dachte. Als wir eintrafen, wurden wir schon erwartet. Es begrüßte uns ein ausgesprochen hübscher, junger Mann mit intelligentem Gesicht und rot geränderten Augen.

Er bedankte sich, dass wir so rasch kommen konnten, bat uns aber, das Haus alleine zu betreten. Er erzählte, dass es im Wohnzimmer Kampfspuren gab und Blut. Auch im Schuppen sei Blut zu sehen. Dort hatte sich der Vater nach der Tat erhängt.

Für mich ein emotional anstrengender Fall. Ich dachte an die zerstörte Jugend der beiden Kinder und einmal mehr an meine Tochter, der ich so etwas nicht antun könnte und würde. Nicht auszudenken, würde sie mich tot vorfinden.

Seine Schwester war bei Freunden untergebracht, wollte das Haus nicht mehr betreten und wurde vom KIT betreut. Der junge Mann händigte uns die Schlüssel aus und wir vereinbarten, dass ich ihn zurückbringen würde, wenn wir fertig waren.

Wir betraten das Haus. Wunderschön eingerichtet mit viel Liebe zum Detail.

Die Kampfspuren verrieten uns die Angst des Opfers. Vasen waren umgeworfen, Rosen lagen auf dem Boden, sämtliche Utensilien wie Fernbedienung und Taschentücher lagen kreuz und quer auf dem Tisch und dem Fußboden verteilt. Vor der Terrassentür fanden wir eine große, etwas verschmierte Blutlache. Hier kam die Frau zu Tode. Aufgrund der Spuren konnte ich mir den Hergang sehr gut vorstellen und eine Gänsehaut lief mir den Nacken hinauf. Es ist manchmal nicht zu vermeiden, dass sich Bilder vor unserem geistigen Auge abspielen. Dann ist es ein besonderer Zustand, in dem man sich befindet, weil man für kurze Zeit ein Teil des Geschehens wird. Es ist wichtig, sich dabei immer wieder zur Ordnung zu rufen und sich abzugrenzen. Ich erklärte meinem Mitarbeiter, was wir hier tun würden, und ging in den obersten Stock. Schließlich wollte ich sichergehen, dass hier keine Kampfspuren vorlagen, die die Kinder wieder schrecken oder erinnern konnten. Es war ein wirklich sehr schön eingerichtetes Haus. Das Zimmer des Mädchens war ein einziger Mädchentraum und die beiden Kinder taten mir unendlich leid. Ich hoffe, dass sie diese Episode in ihrem Leben überwinden können.

Dann ging ich in den Schuppen, um zu sehen, was dort zu tun war. Es war nicht viel Blut auf dem Betonboden zu finden.

Offenbar war es aus der Nase ausgetreten, als der Strang dem Opfer die Kehle zudrückte.

Wir arbeiteten mit äußerster Gründlichkeit. Hier war es wichtig, einen Normalzustand in dem Ausnahmezustand wieder herzustellen, sodass die Kinder das Haus wieder betreten konnten. Also spülten wir das Geschirr, obwohl es nichts mit der Tat zu tun hatte. Der Boden wurde gesaugt, gewischt und die Unordnung wieder in eine Ordnung verwandelt. Die Blumen entsorgten wir. Die Blumen würden sie an die Tat erinnern. Den Blutspuren vor der Terrassentür rückten wir mit unserem Enzymreiniger zu Leibe. Da sich erstaunlicherweise nicht so viel Blut fand, war das schnell erledigt. Wie immer wird anschließend neutralisiert und desinfiziert.

Es war mir ein Bedürfnis, diesen beiden jungen Menschen zu helfen. Als wir das Haus verließen, deutete nichts mehr auf die grausame Tat hin. Ich war zufrieden. Wir reinigten diesen Fall zum Selbstkostenpreis. Mein Mitarbeiter und ich waren uns einig: Manchmal ist es wichtiger, nur zu helfen.

Nur ein bisschen Blut

Nur ein bisschen Blut hat ein Gast verloren, so heißt es in der Beschreibung der Angestellten am Telefon. Sie spricht mit demselben, belegten Unterton in der Stimme.

Es ist Freitagvormittag und ich lade das Einsatzfahrzeug für die bevorstehende Reinigung. Habe ich auch alles gepackt? Ich vergewissere mich und kontrolliere ein letztes Mal das Material. Dann fahre ich los. Ich bin angespannt, gehe verschiedene Szenarien durch. Nach zwanzig Minuten Fahrzeit parke ich den Bus vor einem noblen Hotel in der Wiener Innenstadt, vergesse nicht einen Parkschein zu lösen und mache mich auf zur Rezeption, wo man mich schon händeringend erwartet. Ruhe breitet sich in mir aus. Jetzt bin ich ganz bei der Sache.

Das Fräulein von der Rezeption fährt mit mir, mit dem Lift, in das sechste Stockwerk. Die Gänge sind ruhig, die Türen zu den Zimmern sehen alle gleich aus. Vor Zimmer sechshunderteins bleiben wir stehen. Der Schlüssel dreht sich im Schloss, es knackt und die Tür springt auf. Ein grauenvoller Anblick eröffnet sich mir. Im Vorzimmer liegen Schläuche, Tupfer und Ampullen, die offenbar, in der Eile des Gefechtes, von der Rettungsmannschaft liegen gelassen wurden, der gesamte Teppich im Vorzimmer und angrenzenden Schlafzimmer ist blutverschmiert. Ich ziehe Handschuhe und Füßlinge über und betrete das Zimmer. Als ich die Tür zum Badezimmer öffne, bin ich sprachlos darüber, wie manche Menschen „ein bisschen Blut" als Umschreibung benutzen. Es eröffnete sich mir erst hier das gesamte Ausmaß des Auftrages.

Ich sehe nur Rot. Ein paar weiße Flecken der Fliesen blitzen durch. Die Rezeptionistin springt ungeduldig von einem Bein auf das andere, macht mich darauf aufmerksam, dass der Gast sich im Badezimmer das Leben nehmen wollte, im letzten Moment aber die Rezeption verständigte, welche wiederum die Rettung rief, sodass dieser Mann gerettet werden konnte. Sie will wissen, wann das Zimmer wieder vermietet werden kann. Ich sehe sie an und kann ihr keine genaue Zeitangabe geben. Die Blutspuren erstrecken sich über das Bett, die Wände des Zimmers, den gesamten Badbereich und das Vorzimmer. Ich bitte sie um Geduld und erkläre ihr, dass ich meinen Mitarbeiter hinzuholen muss und mich bei ihr melde, sobald ich einen Zeitrahmen abschätzen kann.

Peter ist an diesem Tag auf einer anderen Baustelle eingeteilt. Zum wiederholten Mal muss ich ihn, zum Leidwesen meiner Kollegin, von dort abziehen, weil die Reinigung allein nur schwer zu schaffen ist. Eine Stunde später trifft er ein.

Ich bin froh ihn zu sehen, weil es, trotz all der schwierigen Umstände einer Reinigung, immer eine Wohltat ist, mit ihm zu arbeiten. Peter strahlt eine unglaubliche Ruhe aus.

In der Zwischenzeit hatte ich das Bettzeug und alle kontaminierten Gegenstände in Säcke verpackt.

„Dann werden wir das bisschen Blut aufwischen", meint er in seiner lockeren Art und ein Teil meiner Anspannung fällt von mir ab. Ich schätze, dass etwa zwei bis drei Liter Blut im gesamten Bade- und Hotelzimmer verteilt sind.

Gemeinsam bauen wir das Mobiliar im Badezimmer ab und reinigen vorerst grob die Fliesen und die Keramik.

Jetzt, wo die grobe Verunreinigung beseitigt ist, mache ich mich an die Reinigung des Vor- und Schlafzimmers. Peter arbeitet weiter im Bad.

Nach etwa sechs Stunden kann ich ein Ende absehen und informiere die Rezeption, dass wir in ungefähr zwei Stunden fertig werden würden.

Es gibt Gott sei Dank auch Fälle wie diesen, wo ein Mensch noch rechtzeitig gerettet werden kann.

Ein Hotel am Stadtrand

Es ist Samstag, halb eins in der Nacht. Mein Telefon läutet. Ich schlafe und denke, dass das Läuten zu meinem Traum gehört. Schließlich werde ich doch irgendwie wach und greife verschlafen zu meinem Telefon, das immer auf dem Nachtkästchen neben meinem Bett liegt.

Die Stimme am anderen Ende wirkt aufgeregt. Ich kann die einzelnen Worte noch nicht ganz zuordnen. Da bricht die Leitung ab und die Stimme am anderen Ende schweigt. Schlaftrunken sinke ich wieder in mein Kissen und bin auf dem besten Wege wieder einzuschlafen. Es läutet abermals.

„Zelenka", murmle ich verschlafen ins Telefon.

Wieder die aufgeregte Stimme an meinem Ohr. Langsam werde ich wach.

„In unserem Hotel hat sich ein Gast, in seinem Zimmer, erschossen. Reinigen Sie so etwas auch?"

„Ja, sicher. War die Polizei schon vor Ort und hat sie ihre Ermittlungen schon abgeschlossen?"

„Der Inspektor hat gesagt, dass alles erledigt ist und dass wir das Zimmer reinigen können. Wann können Sie kommen?"

Ich denke kurz nach. Das Einsatzfahrzeug steht auf dem Parkplatz in der Firma. Gepackt ist es …

„Sagen wir, ich bin in einer guten Stunde bei Ihnen? Reicht das für Sie?"

„Ja, absolut", meint die Stimme am anderen Ende, erfreut darüber, dass ich in Kürze dort sein würde.

„Ich brauche noch die genaue Adresse und Ihren Namen", sage ich und notiere die Adresse. Ich würde quer durch die Stadt fahren müssen. Aber zu dieser nachtschlafenden Zeit wird das kein Problem darstellen und ich hoffe auf leere Straßen und grüne Ampeln.

Bei aller Dringlichkeit – ein Frühstück muss sein, auch wenn es noch so früh ist. Ich packe meine Sachen und fahre zur Firma, um das Einsatzfahrzeug zu holen. Wie vereinbart, melde ich mich eine Stunde später an der Rezeption des Hotels. Betroffene, gesenkte Blicke treffen mich und durch eine für Gäste verborgene Nische werde ich über dunkle Gänge im hinteren Bereich des Hauses zu dem Tatortzimmer geführt. Mittlerweile war ich hellwach und sog meine Umgebung auf.

Die Tür quietscht, als sie aufspringt und den Blick auf das Zimmer freigibt.

Betroffen steht der nette Herr neben mir. Er ist Mitte dreißig, hat aber schon komplett weißes Haar.

„Er hat sich nicht mehr bei der Rezeption gemeldet. Auch unsere Anrufe wurden nicht beantwortet. Beim Frühstück hatten wir ihn auch seit zwei Tagen nicht mehr gesehen. Da haben wir das Zimmer geöffnet und sahen das Furchtbare." Er räuspert sich. „Wie lang werden Sie für die Reinigung brauchen? Wir haben den Sohn verständigt und ich glaube, der wird in das Zimmer hineinwollen."

Bestürzt betrete ich, gewappnet mit Handschuhen und Füßlingen, das Zimmer. Ein Schauspiel sondergleichen eröffnet sich vor meinen Augen.

Bevor der Verstorbene sich erschoss, dürfte er sich die Adern aufgeschnitten haben. Das Blut ist an Wänden, Böden und Mobiliar verteilt. Gewebeteile und Haare kleben unter der Decke. Für einen Moment kann ich nicht auf die Frage antworten, die mir dieser nette Herr gestellt hat.

Schlagartig realisiere ich die Uhrzeit und dass niemand da sein würde, der einen derartigen Tatort mit mir in Ordnung bringen kann. Peter hat Urlaub und ist in Kroatien. Der Glückliche!

„Ich schätze, dafür brauche ich mindestens sechs Stunden. Vielleicht auch mehr."

„Wir möchten, dass die anderen Gäste dadurch nicht gestört werden. Das verstehen Sie, nicht wahr?"

Ich verstehe und mache mich daran, mein Material über die Hintertreppe heraufzuschleppen. Ich bin froh, dass ich damit nur in den ersten Stock muss.

Nach schlussendlich acht Stunden harter Arbeit waren alle Verunreinigungen beseitigt und ich verlud Müllsäcke und das restliche Material im Bus. Der nette Herr an der Rezeption war sichtlich erleichtert und steckte mir ein stattliches Trinkgeld zu. Nach diesem Einsatz war ich körperlich erledigt und verschlief den halben darauffolgenden Tag.

Tod in der Burg

Im Laufe der Zeit stellt man fest, dass weder gesellschaftlicher Stand noch finanzielle Freiheit einen Selbstmord verhindern können. Man könnte denken, dass jemand, der augenscheinlich alles besitzt, zufrieden und ruhig leben würde. Dass das nicht so sein muss, sehen wir immer wieder.

„Zelenka, Grüß Gott", sage ich gewohnheitsmäßig in mein Telefon.

„Wir haben ein Problem. Ich weiß nicht, wie ich es Ihnen sagen soll."

Ich lasse die Stimme am anderen Ende weitersprechen, unterbreche sie nicht.

„Mein Vater hat sich selbst umgebracht. Blut! Überall Blut und ich weiß nicht, wie ich es meiner Mutter sagen soll. Sie ist im Ausland unterwegs und …"

Jetzt unterbreche ich die Männerstimme doch und frage „Wer spricht denn bitte?"

Stille.

„Hallo? Sind Sie noch da?"

Räuspern am anderen Ende der Leitung.

Etwas gefasster geht es weiter in der Erklärung.

Um so viel Information wie möglich zu bekommen, frage ich Schritt für Schritt nach dem Hergang, nach dem Ort und wann wir denn kommen könnten.

„Mein Vater hat sich mit einem Jagdgewehr erschossen! Blut, überall Blut! Die Polizei hat mir gesagt, dass ich nicht hineingehen soll … Aber ich … Können Sie das machen?"

Ich realisiere, dass das Gespräch nicht viel bringen wird, und beschließe, nachdem ich die Adresse des Geschehens ja erfahren hatte, einen Termin für die Reinigung zu vereinbaren.

Am nächsten Morgen treffen wir pünktlich um acht Uhr früh am Tatort ein. Es ist immer wieder eine neue Herausforderung, weil man nicht weiß, was einen alles erwartet.

Wir stehen mit Staunen vor einer romantischen Burg. Unglaublich, dass dieses Prachtstück noch bewohnt wird. Die Familie bewohnte lediglich einige Räume, die restlichen Räume wurden als Ausstellungsräume genutzt oder vermietet. Alles ist sehr gepflegt. Riesige Blumenkübel stehen vor dem Bauwerk auf weißem Kies. Klassisch gelb getünchte Außenmauern, im Hintergrund ein Wäldchen. Alles sehr idyllisch.

Wer würde hier Verzweiflung vermuten? Nie würde man an diese Gewalt hinter den prunkvollen, meterdicken Mauern denken.

Ausgestattet mit Handschuhen, Maske und Füßlingen ziehe ich an der Glockenschnur. Hier würde ich auch gerne leben wollen. Eine Frau öffnet mir. Sie stellt sich als die Schwiegertochter des Verstorbenen vor. Kindergeplapper schleicht sich über die Treppe hinunter in die Eingangshalle.

Ich rufe meinen Mitarbeiter zu mir, der im Auto noch einige Reinigungsutensilien zusammenrichtet.

Wir betreten die Eingangshalle der Burg. Barocke Gemälde an den Wänden, dicker Teppichboden windet sich die Treppe hinauf. Ich bin recht angespannt, weil ich die Information habe, dass es sich um einen Kopfschuss handelt. Es ist immer ungewiss, was einen da erwartet.

Die junge Frau bleibt vor einem Zimmer mit riesigen, weiß lackierten Doppelflügeltüren stehen.

„Das ist der Raum. Ich möchte nicht hineingehen."

„Das ist in Ordnung", antworte ich.

Die Frau geht in die Küche. Dort sitzen ihre kleinen Zwillinge in Hochstühlchen. Als wäre alles so wie immer. Da trifft die Normalität in ihrer gesamten Härte auf die Katastrophe.

Wir betreten den Raum. Das Bild, das sich zeigt, ist unglaublich. Der Raum hat eine Höhe von über vier Metern, gefüllt mit wertvollen Ölgemälden, alten Uhren, Spiegeln, Zeitungen, Kerzenhaltern, Wäsche und alten Stickereien. Die Decke ist durch wertvollen Stuck verziert. Alles wurde mit sehr viel Liebe zum Detail restauriert und ist ein schöner Anblick.

Wäre da nicht das viele Blut. Auf dem Boden, an den Wänden und den Gegenständen. Ein alter, schwerer Lüster hängt in der Mitte des Raumes. Durch das feine, alte Glas lässt sich leicht erkennen, womit er befüllt ist. Wenn sich jemand mit einer Schrotflinte erschießt, hat das eine unglaubliche Streuwirkung.

Es ist wichtig, jetzt die Nerven zu bewahren. Der erste Eindruck ist erdrückend. Ich scanne die Situation, sortiere sie im Geist und beschließe dann Schritt für Schritt die Vorgangsweise. So beginnen wir hier mit der Reinigung des alten Holzbodens. Es dauert nicht lange und ich komme zu dem Schluss, dass auf jeden Fall ein Teil davon entfernt werden muss. In die Fugen ist viel Blut eingedrungen. Das kann man so nicht lassen. Später würde es zu riechen beginnen.

In der Ecke steht ein alter Waffenschrank mit geschliffenem, altem Glas, in der gegenüberliegenden Ecke eine Menagerie an

Gewehren. Alles ist kontaminiert. Alles muss gereinigt werden. Wir überlegen, wie wir die Waffen reinigen können, ohne uns zu verletzen. Das ist für uns wieder eine neue Herausforderung. Schließlich sind wir keine Experten auf diesem Gebiet. Vor dem Waffenschrank erstreckt sich eine riesige Blutlache. Das Zeugnis eines brutalen und verzweifelten Moments im Universum eines Menschen. Ich weiß, dass wir das nicht sollten, weil es unsere Arbeit erschwert, aber als ich dort stehe, denke ich an den alten Mann und was er wohl in dem Moment, bevor er abdrückte, gedacht haben wird. Hat er etwas gedacht? Hatte er Angst? Hat er für den Bruchteil einer Sekunde den Schmerz gespürt? Woran hat er gedacht? An seine Frau?

Ich sehe mich näher in dem prunkvollen Raum um. Ein wunderschöner, alter Spiegel schmückt die Wand zwischen den beiden Fenstern.

Ich muss entscheiden, wo wir beginnen und wie wir uns systematisch durch diese Szene arbeiten. Wir beschließen, die Gemälde so weit als möglich zu reinigen. Mir ist klar, dass uns dies nicht vollständig gelingen wird, da ich vermeiden möchte, die Oberfläche der alten Ölfarben zu zerstören. Hier sind unsere Reinigungsmittel schlichtweg zu aggressiv. Antike Gemälde wurden mit Farben gemalt, von denen wir nicht sagen können, ob sie den sauren Reinigern standhalten können. Deshalb vermeide ich es, Derartiges bis ins feinste Detail zu reinigen. Dazu gibt es Fachkräfte, die im Umgang damit ausgebildet sind. Man muss nicht alles können, aber man muss den Mut haben, es auch zu sagen.

Später werden wir sie für den Restaurator verpacken. Hier richten wir nichts aus. Vorsichtig werden sie von den Wänden genommen, an denen sie offenbar schon sehr lange hängen.

Als das Gröbste erledigt ist, gebe ich meinen Mitarbeitern noch Anweisungen, was noch zu tun ist und worauf sie auf keinen Fall vergessen dürfen. Der nächste Tatort wartet auf mich.

Ich öffne die Tür, ziehe meine Schutzschuhe aus, trete mit dem einen Fuß auf reinen Boden. Das Gleiche mit dem zweiten Fuß. Nach Möglichkeit sollte man keine Spuren aus dem Tatortzimmer in reine Räume vertragen.

Als ich aufschaue, sehe ich die Witwe in der Küche sitzen. Die Familie bespricht, was jetzt zu tun sei. Viele Paare rot umränderter Augen schauen mir entgegen. Das sind nicht nur für die Hinterbliebenen schwere Momente. Aber einige Dinge muss ich sie trotzdem noch fragen, zum Beispiel, was mit den maßgeschneiderten Vorhängen und den kostbaren Teppichen geschehen soll. Es wäre schade, sie wegzuwerfen, zudem bin ich mir sicher, dass unsere Reinigung für Tatorttextilien das wieder perfekt hinkriegen kann.

Ich habe auch das Gefühl, dass ich in dem Blick der Witwe Scham sehe, eine Mischung aus Angst, Schmerz, Trauer und Scham. Und das trifft mich immer wieder.

Ich verlasse das elitäre Haus. In zwei Tagen werde ich wiederkommen, um eine Nachkontrolle zu machen. Meine Jungs sind sehr gründlich und zuverlässig, dennoch kontrolliere ich einen Tatort solchen Ausmaßes gerne noch einmal. Die Arbeiten dauern drei Tage. Die Reinigung der Textilien noch einmal eine Woche.

Wenn man seine Grenzen erreicht

Ein Tatortreiniger ist durchaus kein skurriles, abartiges Wesen. Wir sind im Grunde ganz normale Menschen. Was uns vom „Normalbürger" unterscheidet, sind ein enormes Einfühlungsvermögen, sehr starke soziale Kompetenz, ein stark ausgeprägter Wille, der Blick auf das Wesentliche. Wir sind nervenstark, haben eine hohe Ekelgrenze und untereinander eine starke Verbindung. Auf Peter, meinen besten Mitarbeiter, kann ich mich tausendprozentig verlassen, wie auch er sich auf mich verlassen kann. Das ist wichtig in sehr belastenden Situationen, in denen man auch leicht mal in eine Krise fallen kann. Jeder muss den anderen gut kennen und auch erkennen, wenn er Hilfe oder eine Pause braucht. Man muss ihn auch ermahnen, dass er sich mal ausruht und an die frische Luft geht. Man ist in einer solchen Situation ein eng aneinandergefügtes Team. Manchmal fallen mir dabei die Musketiere ein. Der Gedanke dahinter war wohl ein ähnlicher. Diese Arbeit kann man nur machen, wenn all diese Komponenten passen. Das Fachwissen gehört natürlich auch dazu und ich muss sagen, dass man immer wieder und bei jedem Fall etwas dazulernt, weil kein Tod so ist wie der andere und weil jeder Fall mit seinen Spuren andere Herausforderungen bereithält. So gerät man auch gemeinsam an seine psychischen und physischen Grenzen und es ist gut, dass der andere dann da ist und man noch einmal darüber sprechen kann. Es gibt nach jedem abgeschlossenen Einsatz eine Besprechung, in der man noch einmal alles Revue passiert. So kommt man auf Schwächen oder auch Verbesserungen, die man beim nächsten

Mal einbinden kann. Peter und ich gingen schon durch viele Schauplätze mit unterschiedlichen Schwierigkeitsgraden. Wir haben einen eigenen Humor, so wie er in jeder anderen Branche auch vorhanden ist. Daran ist nichts Abwegiges. Es ist ein Ventil für das Grauen, mit dem wir täglich zu tun haben. Und ich bin der Meinung, dass man das auch sagen darf. Dass man sagen darf „Liebe Leute, wir sind Menschen, und nur weil wir diese Hinterlassenschaften wegräumen, sind wir nicht abartig oder gar ekelig". Mich erinnert das immer ein bisschen an die Zeit der Jahrmarktfahrer aus dem vorigen Jahrhundert. Da stellte man Menschen mit zwei Köpfen zur Schau und die Zuseher bekamen ihre Münder vor Staunen nicht zu.

Unsere Grenze des Möglichen erreichten wir, als wir über unseren Vierundzwanzig-Stunden-Notruf von einem Hausinhaber in Niederösterreich angerufen wurden. Es war ein Freitag und ich war schon seit sieben Uhr im Büro. In dieser Woche hatte sich viel Büroarbeit angesammelt, weil ich drei Tage in Österreich auf Vorträgen unterwegs war. Ich war um halb fünf fertig und wollte meinen Hund vom Hundesitter abholen. Da klingelte das Telefon. Ich war verwundert, denn das Display zeigte „Anonym" an.

„Zelenka, Grüß Gott", meldete ich mich wie gewohnt. Ich muss sagen, dass ich keinen Notdienst hatte, und war umso überraschter, die Stimme aus der Notrufzentrale zu hören.

„Ich habe da einen Herrn, in dessen Haus jemand verstorben ist, und es sollte dringend gereinigt werden."

„Gut, dann sagen Sie mir bitte die Daten an."

Ich notierte alles genau. Peter hatte Notdienst, aber ich wusste, dass er mit seiner Tochter etwas unternehmen wollte, und so versuchte ich den Auftrag zu übernehmen. Ich rief also den Kunden an und fragte ihn, was passiert war und wann wir die Reinigung durchführen könnten. Die Freude auf das Wochenende mit meiner Tochter schwand zusehends.

„Ich brauche eine Reinigung. Noch heute. In meinem Haus ist jemand gestorben und er wurde gerade abgeholt. Ich kann nicht hineingehen. Der Geruch ist so schlimm. Bitte kommen Sie sofort."

Ich dachte kurz nach. Es war Freitag und bereits halb sechs. Das würde eine lange Nacht werden.

„Ich muss Sie darüber aufklären, dass Sie den Wochenendtarif zahlen müssen, wenn wir noch heute beginnen", klärte ich den Kunden auf.

„Das ist egal! Ich zahle gerne mehr, nur kommen Sie bitte sofort! Morgen möchte ich schon mit der Sanierung der Wohnung beginnen, da muss der Gestank draußen sein."

Die meisten Menschen haben keine Vorstellung, welchen Aufwand es bedeutet, einen Tatort zu reinigen. Diese Illusion musste ich ihm gleich nehmen. Ich war sicher, dass wir mindestens zwei Tage dafür brauchen würden und mit der Standzeit für das Ozongerät wahrscheinlich noch länger.

„Ich werde noch meinen Mitarbeiter anrufen, um zu klären, ob wir heute oder morgen kommen", antwortete ich und rief noch mal Peter an.

„Peter, das dürfte was Schlimmes sein, es wäre gut, wenn wir heute noch beginnen, und der Kunde hat auch diesen Terminwunsch geäußert."

„Also gut, Rosi, dann komme ich jetzt in die Firma. Das Auto ist ohnehin fertig gepackt. Ich bin in zwanzig Minuten bei dir", antwortete er und bog punktgenau nach zwanzig Minuten um die Ecke. Peter war wunderbar und sein Einsatz ist mir unvergesslich.

Es ist gut, wenn man sich aufeinander verlassen kann. Ich informierte indessen noch den Kunden und schon waren wir unterwegs auf der Autobahn. Da ich noch nichts gegessen hatte, bat ich Peter, an der nächsten Raststätte anzuhalten – als Notproviant kaufte ich eine Leberkässemmel – ist zwar nicht gesund, aber magenfüllend. Eine Flasche Wasser für Peter und mich wurde auch noch eingepackt. Bei dieser Art von Arbeit ist es wichtig, viel zu trinken. Einerseits bedingt dadurch, dass es in den Schutzanzügen sehr warm ist, andererseits ist das Atmen mit Staub- und Gasmaske sehr anstrengend.

Um halb acht trafen wir vor Ort ein. Als wir um die Ecke des Hauses bogen, schlug uns schon der Geruch des Todes entgegen. Wir hatten das Haus noch gar nicht betreten.

Uns schwante Böses. Wir hatten die Information, dass der Mieter dieser Wohnung auf dem WC verstorben war und dort seit circa vierzehn Tagen saß. Eine sehr pikante Vorstellung, muss ich zugeben.

Vom Besitzer des Hauses wurden wir vor der Eingangstüre empfangen. Er übergab uns die Schlüssel und wir besprachen die Details. Ich konnte ihn verstehen, dass er sagte, er könne die Wohnung nicht betreten. Es war ein infernaler Gestank, der aus der geöffneten Tür zu uns herüberwehte. Es hängt unter anderem von der körperlichen Konstitution eines Menschen und vor allem von der Raumtemperatur ab, wie schnell ein Körper verwest und welcher Geruch dabei entsteht. Zudem ist es davon abhängig, ob Medikamente, Alkohol oder Drogen genommen wurden, ob im Gewebe viel Wasser eingelagert war, ob die Statur dick oder dünn war. In diesem Fall war der Verstorbene Diabetiker und Alkoholiker. Ich zog meine Schutzkleidung an, setzte die Maske auf und betrat, gewappnet mit diesen Informationen, die Wohnung. Meine Gefühle hatte ich weitestgehend abgeschaltet und konzentrierte mich auf die bevorstehende Sichtung. Es war nicht schwer, den Fundort zu finden. Man musste nur dem Geruch folgen, der immer intensiver wurde.

Als der Verstorbene vom Bestattungsunternehmen abgeholt wurde, brach sein Bauchraum auf und die Leichenflüssigkeit überflutete den gesamten Badezimmer- und WC-Raum. Wenn man weiß, dass der Zersetzungsprozess im Darm seinen Ursprung hat, ist klar, was sich dort nach dem Tod abspielt. Das lockt Ungeziefer an und in diesem Fall verteilte es sich in der ganzen Wohnung. Über einen sehr kleinen Vorraum gelangte ich in die Küche. Anzeichen dafür, dass es sich unter anderem um einen Messie gehandelt haben dürfte, gaben der in der gesamten Wohnung gestapelte Müll und unfassbar viel Werkzeug aller Art. Gebraucht, neu, unausgepackt.

Überall stolperte man über mit Hausmüll gefüllte Einkaufstaschen, in denen der Verrottungsprozess bereits begonnen hatte. Zwischen dem augenscheinlich wertvollen Werkzeug, auch Werkzeug eines Tischlers, standen Milch in Tetra Pak, leer gegessene Aufstrichdosen, Geschirr und diverse Lebensmittel. Kakerlaken liefen über den Müll, meine Füße und über den Tisch.

Ich ging ins Wohnzimmer. Es war ein sehr kleiner Raum, der zur linken Seite hin durch eine halbhohe Holzwand abgegrenzt war. Die Arbeit eines erstklassigen Tischlers. Dahinter fanden sich ein Bett, ein Nachtkästchen und ein Bücherregal. Menschen, die lesen, sind mir sehr sympathisch; es formte sich für mich nach und nach ein Bild des verstorbenen Bewohners.

In dem schmalen Gang zwischen dieser Holzwand und der Wand zum Badezimmer machte ich einen ebenso bizarren wie grausigen Fund. In der breiigen Leichenflüssigkeit lag der zahnlose Ober- und Unterkiefer. Offenbar war der Leichnam schon in einem solch schlimmen Zustand, dass sich beim Abtransport Einzelteile lösten und der Kiefer übersehen worden war.

Wir haben schon sehr viel auf Todesschauplätzen gefunden – vom Gehirn bis hin zu den Zähnen und Schädelstücken, aber noch nie einen vollständigen Kieferknochen. Das Irrwitzige daran war, dass zwanzig Zentimeter weiter eine rosarote Gebissprothese lag und keine weiteren zwanzig Zentimeter entfernt eine Schachtel Kukident Haftcreme für ein gut sitzendes Gebiss. Hier setzte dann unser schwarzer Humor ein. Peter und ich sahen uns an und ich stellte fest: „Da kann auch Kukident nicht helfen." Wir brachen in lautes Gelächter aus. Der erste Druck war nun weg und wir machten uns ein Gesamtbild der Situation.

Der Körper dürfte sich schon sehr arg zersetzt haben. Das WC, die Fußböden mussten auf jeden Fall raus. Die Fliesen mussten gereinigt und desinfiziert werden, auch wenn diese Wohnung generalsaniert werden sollte. So konnte man keinen Arbeiter ranlassen. Auch das Ungeziefer musste abgetötet werden. Nach drei Stunden Arbeit war mir klar, dass wir in der Nähe übernachten müssten, um am nächsten Morgen weitermachen zu können.

Also versuchte ich in der Umgebung ein Zimmer für uns zu finden, was auch problemlos gelang.

Leider gab es nur ein Doppelzimmer, aber Peter und ich waren durch die Arbeit mit der Gasmaske so erschöpft, dass uns alles recht war. Nur schlafen und morgens frühstücken war uns wichtig. Um kurz vor Mitternacht brachen wir zu unserem Nachtlager auf. Der Wirt war so nett und kredenzte Peter noch ein Bier und ich bekam eine Flasche Mineralwasser. Entweder hatte er Mitleid mit uns, weil wir so fertig aussahen, oder er wollte uns ob unseres infernalen Geruches rasch loswerden. Wir hatten den Geruch der Leiche angenommen und zusätzlich hatte er sich in unseren Nasen eingebrannt.

Peter roch kurz an sich und meinte in seiner ihm eigenen Art: „Ich glaube, mein Deo hat mich im Stich gelassen!"

Wieder Gelächter!

Unser Ziel war jetzt wie ferngesteuert die Dusche – gefolgt vom Bett. Sie können sich nicht vorstellen, was es bedeutet, duftendes Duschgel auf der Haut zu spüren und den Geruch des Todes einfach in den Ausguss zu spülen. Peter bewunderte auf der Terrasse noch den herrlichen Sternenhimmel, rauchte eine Zigarette und trank genussvoll sein Bier. Unsere Kleidung hängten wir in die frische Nachtluft, in der Hoffnung, dass sie am nächsten Morgen etwas von ihrem Geruch verloren hätte.

Peter bezweifelte, dass das etwas helfen würde. Ich dachte, es könne nicht schaden.

Peter ist ein Hüne von einem Mann. Er ist circa einen Meter und neunzig Zentimeter groß, hat blondes Haar und erinnert an die Wikinger aus dem hohen Norden. Er ist eine Seele von einem Menschen und man kann mit ihm Pferde stehlen.

Ich hatte mich gerade ins Bett gleiten lassen, als ich Peter unter der Dusche hörte. Es war ihm zu gönnen. Ich vermutete, auch er würde das reinigende Bad genießen – ich lag mit meiner Vermutung „leicht daneben" – er hatte einen Wasserschaden verursacht.

Das Duschbecken war sehr filigran und gab unter seinem Gewicht nach. Ich hatte es schon bemerkt, als ich selbst duschte, aber mein Gewicht ertrug es tapfer.

Also: Duschtasse kaputt und im ganzen Badezimmer Wasser. Ich sagte ihm, als er mich betroffen ansah, er solle sich keinen Kopf machen, hätte sie keine Duschtasse werden sollen. Die sind schließlich dafür da, dass auch starke Männer darin ihre Körperpflege machen können.

Danach schlief ich schlagartig ein und wurde erst um sieben Uhr wach, als der Wecker klingelte.

Peter jedoch wurde schon lange vor dem Weckerläuten von seinem leeren knurrenden Magen geweckt, sodass sein Morgengruß lautete: „Ich habe Hunger!"

„Na, dagegen können wir etwas tun", sagte ich und blinzelte ihm zu.

Die Kleidung auf der Terrasse hatte tatsächlich einen großen Teil des Geruches abgegeben, so konnten wir sie also gut noch einmal anziehen. Seit dieser Zeit habe ich immer Ersatzkleidung im Fahrzeug. Man weiß ja nie!

Es dauerte nicht lange, und wir saßen am Frühstückstisch. Der Wirt kümmerte sich rührend um uns. Lag es vielleicht daran, dass wir nicht mehr so streng rochen? Wir erleichterten ihn um sieben Semmeln und zwei Kannen Kaffee. Niemand, der mich kennt, würde bestätigen, dass ich in der Lage sei, drei Semmeln hintereinander zu essen.

Wieder am Tatort angekommen, machte sich Peter daran, die Räume zu lüften, sodass das Ozon sich verflüchtigen konnte. Es gibt auch für die Arbeit mit dem Ozongenerator eigene Schutzausrüstungen. Unsere Gesundheit ist uns wichtig. Dieses Gerät wird zur Beseitigung starker Gerüche eingesetzt. Ozon ist ein Gas, das aus Sauerstoffatomen besteht. Es ist das stärkste und natürlichste Desinfektionsmittel, das wir haben, tötet Schadstoffe und ist weitestgehend geruchlos. Da es ein Gas ist, dringt es in die kleinsten Löcher und Ritzen ein. Auch kleinste, in der Luft vorhandene Partikel werden dadurch entfernt, beziehungsweise neutralisiert. Es ist gesundheitsschädlich, jedoch sehr umweltfreundlich. In den behandelten Räumen findet sich Ozon hoch konzentriert. Würde man einen derart behandelten Raum ohne Schutzkleidung und Ozonmaske betreten, bestünde die Gefahr, dass man sich unter anderem Reizungen der Schleimhäute, Atemnot oder gar Schädigungen des Sehmuskels zuzieht. Und weiter ging es, dem Tod auf der Spur. Das Ozon hatte über Nacht gut gewirkt und so war der Großteil des Geruches neutralisiert. Durch das Lüften fanden sich jedoch wieder neue Fliegen ein. Sie haben einen sehr feinen Geruchssinn und wittern ihre Beute kilometerweit. Das bedeutete, dass noch ein Nebelautomat aufgestellt werden muss. Wir beschlossen, dies gemeinsam mit dem Ozon zu tun, wenn wir für den heutigen Tag fertig waren.

Aber vorab musste nun das WC abgebaut und der gesamte Boden bis auf die Schüttung abgebrochen werden. Durch das lange Liegen des Leichnams waren die Körperflüssigkeiten so weit eingedrungen, dass hier nichts mehr zu retten war. Ich stehe immer mit großer Bewunderung vor meinem Mitarbeiter Peter, wenn er den Hammer schwingt und alles in kürzester Zeit dieser Gewalt weicht. Das Brecheisen ist ein ebenso wichtiger Begleiter unserer Arbeit.

So arbeiteten wir uns voran. Stück für Stück. Immer wieder stießen wir auf kleine Madenherde. Was Peter abbrach, räumte ich schon in die Säcke zur Entsorgung. Schließlich hatten wir es geschafft. Der Badezimmerboden, inklusive Bodenaufbau, war entfernt. Es war ein hartes Stück Arbeit, da es sich um präzise und perfekte Tischlerarbeit handelte.

Einen Tischler, der so wunderbar arbeitet, hätte ich gerne in unserem Unternehmen. Da gab es keinen Millimeter Fuge und kein Bohrloch. Fein säuberlich waren die Bohrlöcher mit Holz verdeckt, sodass es wie ein Astloch aussah.

Immer wieder hatte ich das Bild des Mannes vor Augen, der hier verstorben war. So bizarr! Auf dem WC – zwei Wochen sitzend. Bis heute sehe ich das Bild, obwohl ich ja die Leiche selbst nicht zu Gesicht bekommen hatte. Aber wir verbringen doch einige Zeit in einer Fundortwohnung und immer ausblenden geht nicht.

Nun hatten wir noch den Fußboden im Wohnraum zu entfernen, der ebenso gut verlegt war.

Peter schaute mich an und ich verordnete ihm eine Pause.

Die Arbeit war kraftraubend. Die Schutzkleidung tat den Rest. Uns war heiß.

„Setz dich draußen ins Grüne und mach mal Pause", sagte ich ihm und er trottete auch schon davon.

„Ich verlade schon mal den Abbruch und dann haben wir es bald geschafft, Peter."

Draußen schien die Sonne vom Himmel, auf der Wiese blühten Blumen, Vögel sangen, so als wäre nichts passiert. Nach einiger Zeit war auch dieser Tatort so weit erledigt. Es war Nachmittag, wir stellten das Ozongerät und den Nebelautomaten auf, versiegelten die Wohnung und machten uns auf den Heimweg. Wir waren ganz still.

Als ich nach Hause kam, empfand ich Leere und das erste Mal seit Langem wünschte ich mir sehr intensiv, dass mich jemand erwarten würde, in den Arm nähme und mir sagte: „Alles ist gut!" Gerade an solchen Tagen ist dann eben niemand da. Das ist nicht planbar. Also bereitete ich mir noch etwas zu essen. Halb liegend aß ich und schlief augenblicklich ein. Dieser Tatort hat mich sehr berührt und er war einer der intensivsten, den ich je hatte.

Bluttat

Es gibt Umstände, die es den Betroffenen besonders schwer machen, das Geschehene zu verarbeiten, geschweige denn, überhaupt den Ort des Geschehens wieder zu betreten. Ich erinnere mich an ein Wochenende im Juli.

Endlich! Eine lange, anstrengende Woche liegt hinter uns und wir freuen uns auf ein wenig Entspannung und Ruhe. Peter fragt mich noch, ob ich Notdienst habe, und ist erleichtert, dass es nicht so ist, denn meistens ist etwas los, wenn ich das Telefon überwache. Samstag, neun Uhr dreißig. Ich gehe relativ entspannt ans Telefon, als dieses läutet – ich habe ja keinen Notdienst.

Ein Polizist meldet sich, ich kenne ihn. Etwas Unglaubliches, Schreckliches sei passiert. Ich realisiere in diesem Moment nur, dass das Opfer rasch die Spuren dieses Wahnsinns entfernt haben möchte. Noch heute, heißt es. Sofort!

Die Spurensicherung ist mit ihrer Arbeit gegen vierzehn Uhr fertig. Mitten aus meinen Gedanken um das Wochenende gerissen, dreht sich das Karussell in meinem Kopf. Ich bitte um etwas Zeit, versichere, dass ich zurückrufe, und lege auf.

Wie gehe ich das Problem an? Laut Information gibt es im ganzen Haus verteilt Blutspuren. Viel Blut, hat es geheißen. Gut, das Wochenende ist abgeschrieben. Ich informiere Peter und hole auch ihn aus dem Wochenende zurück. Man kann in unserem Beruf nicht warten oder sagen „Moment mal, jetzt geht's grad nicht. Ich habe Theaterkarten".

Ich empfinde das nicht als ungewöhnlich. Schließlich gibt es mehrere Berufsgruppen, die schnell ausrücken müssen.

Eine Stunde später treffe ich Peter in der Firma. Wenn ich die Möglichkeit habe und nicht gerade mehrere Projekte parallel laufen, arbeite ich am liebsten mit ihm zusammen. Wir kennen einander sehr gut und sind aufeinander eingespielt.

Noch mal die Kontrolle unseres Einsatzfahrzeuges. Alles muss dabei sein, sonst kostet es uns später Zeit. Wir fahren los. Heute zur Sicherheit wieder einmal mit zwei Fahrzeugen. So wäre es einfacher, schnell noch etwas zu besorgen, falls ein Arbeitsmittel zur Reinigung fehlen würde. Ich muss vorher noch den Schlüssel bei der Polizei abholen. So sind wir flexibler.

Nach einer weiteren Stunde treffe ich am Tatort ein. Noch weiß ich nicht genau, was passiert war. Nach Möglichkeit möchte ich es auch gar nicht so genau wissen.

Ich stehe vor einer traumhaften Villa am Waldrand. So möchten wohl viele leben. Erstaunlicherweise empfängt uns der Auftraggeber am eisernen Eingangstor. Da wir den Schlüssel bei der Polizeiwache abholen mussten, habe ich nicht mit seiner Anwesenheit gerechnet. Wir werden in das Haus geführt. Eine Blutspur markiert den Vorraum und zieht sich entlang der breiten Treppe, die wir hinaufgeführt werden. Im Obergeschoss trifft uns das ganze Entsetzen. Unser Auftraggeber erzählt, was passiert ist. Maskierte Einbrecher haben sich Zugang verschafft, sind mitten in der Nacht in das schlafende Haus eingedrungen. Offenbar sind die Tochter des Hauses und ihr Freund noch einmal in die Küche gegangen, um etwas zu holen, und dort erwartete die beiden der Alptraum ihres Lebens. Sie wurden von Einbrechern überrascht und brutal niedergestochen.

Ihr Blut ist tatsächlich im gesamten Haus verteilt. Ich kann es nicht sagen, aber ich hoffe sehr, dass der Junge das überlebt hat, und ich wünsche ihm von ganzem Herzen, dass er es verarbeiten und eines Tages wieder in Frieden leben kann. So wie es aussah, schätzte ich die gesamte Blutmenge auf circa zwei Liter. Der Stich traf ihn seitlich in den Brustkorb und es müssen viele Schutzengel gewesen sein, die ihm zur Seite standen. Das Mädchen wurde leichter verletzt, aber der Schock und die Erlebnisse werden wohl unendlich lange in ihrem Bewusstsein eingebrannt sein. Wir sehen uns um und sind in Anbetracht der Schilderungen entsetzt.

Auch unser Auftraggeber steht noch unter Schock und strahlt ebendieses Entsetzen aus, das sich auf die gesamte Umgebung und auch auf uns überträgt. Ich bewundere die Stärke und Gefasstheit dieses Mannes und weiß nicht, wie ich in einer derartigen Situation funktionieren würde.

Wir werden allein gelassen in diesem riesigen Haus mit dem Grauen im Rücken. Es ist nicht so, dass ich dazu neige, Geschichten des Grauens zu formatieren. In den meisten Fällen verlasse ich die Wohnung, das Haus und schließe auch innerlich mit dem Fall ab. Manche Fälle jedoch haben Nachwehen, so wie auch dieser, und dann schreibe ich sie auf und befreie mich so davon. Peter und ich besprechen die Vorgehensweise. Wie und wo wir beginnen wollen. Wer übernimmt welche Aufgabe. Wir beschließen, uns zu trennen, und so beginne ich im Obergeschoss, die Spuren des Kampfes zu beseitigen. Langsam arbeite ich mich durch Blutlachen und Spritzer. Eine desinfektorische Reinigung ist hier unumgänglich. Kontaminierte Gegenstände,

die man nicht reinigen kann, weil sie einerseits die Körperflüssigkeiten nicht mehr abgeben würden und andererseits die
Reinigung den Wert übersteigen würde, werden entsorgt. Peter
macht sich daran, den Tatort an sich zu reinigen, also die Stelle,
an der das Attentat stattfand. Dazu muss er Teile der Kücheneinrichtung abmontieren, Randleisten und Fliesen entfernen.
Es ist sehr viel Blut und es hat sich in alle Ritzen und Fugen
verteilt, ist bis in den Estrich eingedrungen.

Langsam geht es voran. Die Stimmung ist unheimlich.

Bei jedem Geräusch, sei es durch den Wind, der durch die
offene Terrassentür die Vorhänge bewegt, oder das Knacken der
Dielen, zucken wir innerlich zusammen. Schließlich ist der Angriff erst einige Stunden zuvor passiert und man kann ja nicht
wissen, ob die Täter vielleicht in einem Anfall von weiterem
Wahnsinn zurückkehren würden. So denken wir zumindest
in diesen Stunden. Wir arbeiten bis spät in die Nacht. Die
Bewohner des Hauses sind zur Nachbetreuung ins Krankenhaus
gebracht worden. An dieser Stelle möchte ich sagen, dass wir in
Österreich ein ausgezeichnetes System haben, das Menschen,
die in Krisen geraten, hilft und wieder auf die Beine bringt.
Sicher, ein Schock ist für den Menschen recht hilfreich, aber
unbetreut kann er schlimme Folgen nach sich ziehen.

An dieser Stelle bedanke ich mich für das grenzenlose Vertrauen
unserer Kunden, das sie in uns setzen. Schließlich lassen sie uns,
in ihrem privatesten und intimsten Bereich, alleine zurück. Oft
liegen Wertgegenstände, Ausweise und Briefe offen umher und
niemand würde einen Gedanken daran verschwenden, dass
davon etwas fehlen würde, wenn wir die Wohnung wieder ver-

lassen. Blut zu entfernen ist an sich nicht das Problem, vor allem bei glatten, nicht saugfähigen Oberflächen. Schwierig jedoch wird es an Wänden, im Besonderen, wenn es sich um Tapeten handelt. Abgesehen davon darf nicht ein einziger, kleiner Blutspritzer übersehen werden. Ohne Brille geht das bei mir gar nicht mehr und gute Scheinwerfer sind ebenfalls sehr dienlich. Erst gegen Mitternacht verlassen wir dieses schöne Haus. Und dennoch war es in diesem Fall so, dass wir im Außenbereich zwei Kleinigkeiten übersehen hatten. Das soll nicht passieren, aber bei schlechten Lichtverhältnissen, wie zum Beispiel in der Nacht, ist das nicht gänzlich auszuschließen. Am darauffolgenden Tag fährt Peter noch einmal hin, um diese Mängel zu beseitigen. Ein schlimmer Fall und es gibt bis zum heutigen Tag keine Klärung. Für sachdienliche Hinweise wurden zehntausend Euro Belohnung ausgesetzt. Ich hoffe wirklich sehr, dass die Täter einer angemessenen, gerechten Strafe zugeführt werden.

Drogentod im Studentenheim

Es war wohl kaum ein Selbstmord. Zumindest deutete nichts darauf hin. Obwohl ohne Frage Drogen im Spiel waren. Es roch sehr stark nach Marihuana.

In einem Wiener Studentenheim wurde die Hausverwaltung alarmiert, da sich sehr strenger, übler Geruch im Gebäude ausbreitete.

Es war mein erster Tatort, an dem ich noch Überreste des Verstorbenen fand. Zwischen den Geruch des Todes mischte sich der unverwechselbare Geruch von Cannabis. Ich wurde beauftragt, diverse Dokumente zu sichern und die Wohnung wieder bewohnbar zu machen. In diesem Fall war es ein größerer Auftrag, denn die gesamte Wohnung war kontaminiert. Sie müssen sich das so vorstellen, dass eine Leiche selbst sich zwar nicht mehr bewegt, jedoch werden sämtliche Körperflüssigkeiten und Teile des Mikrokosmos vertragen. So kann man auch nicht davon ausgehen, dass nur der Fundort gereinigt und desinfiziert werden muss, sondern alle umliegenden Räume, Gegenstände und Wände. Maden und Fliegen sind da sehr umtriebig und wenn man bedenkt, dass eine Fliege bis zu einer Million Mikroorganismen auf ihren Beinchen vertragen kann, ist es nicht schwer, sich vorzustellen, was in einer derartigen Wohnung passiert. Ich betrete die Wohnung und der Verwalter ist wirklich sehr tapfer. Sein erster Schritt ist zum Fenster und er ist im Begriff, ob des infernalen Gestanks, es zu öffnen. Ich kann ihn daran hindern. Fenster sollten an einem Leichenfundort geschlossen bleiben. Das hat mehrere Gründe. Einerseits die schon angesprochene Gefahr, dass Infektionen und Bakterien auch in die Außenwelt vertragen werden können, andererseits riechen Fliegen Leichen und Aas über viele Kilometer. So käme im Fall des Öffnens der Fenster neues Ungeziefer hinzu. Im Besonderen, da im Tatortzimmer noch Leichenreste herumlagen. Bei meinen Vorträgen zu Hygiene am Tatort wird dies immer belächelt. Dennoch kann ja niemand sagen, warum er plötzlich einen Ausschlag oder ähnliches bekommen hat. Es gibt ja auch Personen, zu denen ich mich zum Beispiel auch zähle, die gelegentlich auf Stiche von Gelsen stark reagieren. Würde dasselbe Tier jemand anders stechen, würde wahrscheinlich nichts passieren. Ich möchte damit sagen, dass auch, wenn Sie noch nie auf einen Bazillus reagiert haben, jemand anderer dadurch gesundheitliche Probleme bekommen könnte.

Das Tatortzimmer sah aus, als hätte eine Bombe eingeschlagen. Überall lag irgendwelcher Kram herum, Aschenbecher waren voll mit Resten von Joints. Ich denke, hier wurde noch nie etwas gereinigt.

Dem Verwalter kam es vor wie in einem schlechten Film.

„Kriegen Sie das wieder hin?"

„Wer hat den Toten gefunden? Offenbar gab es hier ja mehrere Mitbewohner in den anderen Zimmern?"

„Die Polizei hat ihn gefunden. Wir wurden durch den Nachbarn über üblen Geruch benachrichtigt. Es gab offenbar auch eine Katze. Aber sie war nirgendwo aufzufinden."

„Und wie lang lag die Leiche hier?", fragte ich und in meinem Kopf spielte sich ein Kino ab.

„Genau kann ich das nicht beantworten, aber die Polizei schätzte den Todeszeitpunkt auf vor zwei Wochen."

Ich hoffte inständig, dass keine Tiere hier zu finden waren. Das kannte ich schon und es war immer eine riesige Sauerei. Die Tiere werden nicht wie der menschliche Leichnam vom Bestatter mitgenommen. Laut Gesetz handelt es sich bei ihnen um Sachgegenstände. Ihre Körper bleiben liegen, das Fell, die Haut und die Knochen. Das sieht immer sehr schlimm aus und wenn man an die Tragödie hinter diesem Leben denkt, dreht sich schon mal der Magen um. Stirbt der Besitzer und wird er nicht früh genug gefunden, verhungern und verdursten die Tiere.

Den Hausverwalter begann es langsam zu würgen.

Also erklärte ich ihm, dass ich jetzt meine Arbeitssachen holen würde und wir könnten ja alles Weitere in seinem Büro besprechen. Er war sichtlich erleichtert, dass wir den Ort nun verließen. Vor der Tür atmete er tief die frische Luft ein.

„Dass Sie das können, davor ziehe ich meinen Hut. Ich bin sehr froh, dass Sie so schnell gekommen sind und uns hier unterstützen. Ich wüsste nicht, was ich sonst machen sollte." Wir vereinbarten, dass ich mich am Ende des Arbeitstages bei ihm melden würde, um ihm den Fortschritt mitzuteilen.

Bepackt mit meiner Schutzkleidung und den vorerst wichtigsten Utensilien fuhr ich wieder in den dritten Stock. Mir graute schon davor, all die Möbelstücke über das Stiegenhaus runterzutransportieren. Das bedeutet auch, dass sie sorgsam verpackt und im LKW verladen werden müssen, um sie dann entsprechend zu entsorgen. Ich habe für die verschiedenen Abfallstoffe unterschiedliche Behältnisse, beziehungsweise unterschiedliche Verpackungsmaterialien. Je nach Art der zu entsorgenden Stoffe fahre ich verschiedene Entsorgungsstellen an, oft auch direkt eine Müllverbrennungsanlage. Selten kommt etwas zur Wiederverwertung zu entsprechenden Sammelstellen der MA 48. Stark kontaminierte Wohnungsbestandteile, also Möbel oder Textilien, bringen wir in die Verbrennungsanlage im Rinterzelt. Reinigungsabfälle, wie zum Beispiel unsere Vliestücher, werden zur Deponie gebracht und es wird vermerkt, dass es sich um kontaminierten Abfall handelt.

In meinem Schutzanzug gehe ich noch mal durch die Räume, verschaffe mir einen genauen Überblick, wo und wie ich beginne. Der junge Mann war auf seinem Bett verstorben. Seine Überreste, wie Haut und ein schwarzer Haarschopf, lagen auf dem Bett und klebten an der Wand. Offenbar hatte sich sein Skalp beim Abtransport vom Schädel gelöst. Das passiert, wenn der Körper länger liegt. In diesem Fall hatten die Gase den Körper so stark aufgebläht, dass er unter der Spannung nachgegeben hatte und seinen Inhalt im Raum verteilte. Durch die Abdrücke seines Körpers und seines Kopfes, an der Wand und im Bett, konnte ich sehr gut nachvollziehen, in welcher Lage er verstorben war. Offenbar lag er auf dem Rücken und lehnte mit dem Kopf an der Wand. Er hatte lange schwarze Haare. Erschreckend deutlich zeichnete sich hier ab, wie der Tod Einzug hielt. Ob er sich den goldenen Schuss setzte oder durch Tabletten, die ebenfalls im Zimmer herumlagen, gestorben ist, kann ich nicht sagen.

Also machte ich mich zu Beginn daran, die Wertgegenstände zu sichern. Wenn man diese Arbeit wirklich gut macht, darf man nicht oberflächlich sein und gleich alles wegwerfen, was einem in die Hände fällt. So suche ich immer in allen möglichen Winkeln nach Verwertbarem. Dabei geht es um ideelle wie auch materielle Werte. Selten habe ich Geld gefunden und wenn, waren es nur die letzten verbleibenden Scheine in der Geldbörse, wobei ich auch schon gelesen habe, dass Geld in den unmöglichsten Verstecken abgelegt wird, sodass es von Dieben nicht gefunden werden kann; aber leider ohne entsprechenden Hinweis, auch nicht für die Hinterbliebenen. Wenn ich daran denke, wird mir ganz mulmig, denn in Anbetracht dessen besteht natürlich durchaus die Möglichkeit, dass ich Sparbücher und Geld entsorgt habe. Aber es geht auch um Erinnerungen, wie zum Beispiel Fotos oder Goldkettchen. Hin und wieder passiert es, dass Hinterbliebene damit eine Freude haben und sich für dieses unerwartete Andenken bedanken. In diesem Fall war nichts Spektakuläres dabei. Kein Foto, einfach nichts, außer Geldbörse, Studentenausweis, Versicherungskarte und fünf Euro. Diese Gegenstände wurden gereinigt und in speziellen Klarsichthüllen verpackt. Das erleichtert die Katalogisierung und spätere Übergabe an den Auftraggeber.

Dann fand ich Briefe, kleine, auf das Papier eines Abreißblocks gekritzelte Briefe. Offenbar von der Freundin des Verstorbenen. Da stand „Du warst so zu und ich nehme an, dass du deshalb so abweisend warst. Ich liebe dich. Wir sehen uns morgen. Verschwinde jetzt mal. Du kriegst mich eh nicht mehr mit".

Wow!

Ich wunderte mich, wo denn die anderen Bewohner dieser Studentenwohnung waren. Angeblich sollten noch zwei weitere Studenten hier wohnen. Von ihnen fehlte jede Spur. Und schon steckt man mitten in der Tragödie und das Kopfkino versucht sich einzuschalten. Das muss man zu verhindern wissen, sonst kann man die Arbeit nicht machen. So wie auch in Messiewohnungen, gab es hier nichts, was zum Wegwerfen zu schade war. Alles musste raus. Nachdem ich mir auch noch die Küchenzeile vornahm, war mir unverständlich, wie man in derart schlechten hygienischen Zuständen leben kann und will. Die gesamte Küche war von Fett aus vergangenen Kochgelagen überzogen. Alles klebte vor Dreck und das hatte nun keine Kausalität mit dem Tatort. Der Auftrag war jedoch, die gesamte Wohnung zu reinigen und wieder vermietbar zu machen. Die Küche würde ich mir ganz zum Schluss vorknöpfen.

Mein liebstes Werkzeug bei Abbrüchen sind der Ziegenfuß und der Vorschlaghammer. Sicher Werkzeuge mit nicht unwesentlichem Gewicht, aber sehr effektiv beim Zerlegen von Möbeln und dem Abtragen von Fußböden. Vorab entferne ich die toten Fliegen und Maden. So ist es einfacher und man verträgt sich die Sauerei nicht in den Rest der Wohnung. Die Arbeit lief gut und ich sollte daran drei Tage arbeiten, wie ich feststellte, als ich die Wohnung fertig übergab. Der Boden musste bis auf den Estrich entfernt werden, Teile des Estrichs gleich mit und die Wand wurde abgeschlagen. Es gibt Leichen, die schwarze Flecke hinterlassen, manchmal auch an der gegenüberliegenden Wand. Das ist ein Phänomen, woran ich mich mittlerweile gewöhnt habe. Da Wände meist auf dem Estrich stehen, ist es logisch, dass sie sich mit der Leichenflüssigkeit vollsaugen, wie ein Schwamm das Wasser aufsaugt. Das ist eine eigene Problematik. Wäre es Wasser, so könnte man einfach ein Trocknungsgerät aufstellen und nach einiger Zeit wäre die Wand wieder in

Ordnung. Die Flüssigkeit von Leichen hinterlässt nachhaltig üble Gerüche, die man nie aus dem Putz und der Beschichtung wie Farbe oder Tapete herausbekommen würde.

In der Zeit, als ich in der Studentenwohnung arbeitete, erreichte mich ein weiterer Anruf bezüglich eines Auftrages. Die nächste Herausforderung wartete also schon auf mich. Aber jetzt stand ich vor der verklebten Küche und war mir nicht sicher, dass diese Verkrustungen jemals wieder wegzukriegen waren. Ich dachte darüber nach, was wohl schlimmer sei, der Leichenfundort oder diese Küche. Ich entschied mich für die Küche. Es kostete mich einige Stunden, dann strahlte aber auch sie in hellem Glanz. Eine knappe Woche brauchte ich für diese Reinigung. Während das Ozongerät gute Arbeit leistete, fuhr ich zu dem nächsten Einsatzort und war entsetzt, unter welchen Umständen Menschen in unserer Stadt leben.

Alles nur geborgt

Ein Mann hatte sich erhängt. Ich kann nicht sagen, dass ich diese Behausung als Wohnung bezeichnen würde. Es handelte sich um ein Zimmer, das gerade einmal maximal zwölf Quadratmeter hatte. Die Art des Suizids war noch sehr deutlich erkennbar. Ein Besenstiel war von dem Fenstersims, das eigentlich nur ein Oberlicht war, zum Kleiderschrank gelegt. Daran hing noch ein Stück des Gürtels, den sich der Bewohner um den Hals gezogen hatte. Ich war erschüttert, denn für mich ist es immer ein Rätsel, auf welche Ideen die Leute kommen, um ihrem Leben ein Ende zu setzen. Im Zuge der Arbeit erfuhr ich, dass er arbeitslos war und das schon seit Langem. Einige Versuche hatte er wohl unternommen, um Arbeit zu finden, die eine oder andere Anstellung hatte er auch gefunden, aber bald auch wieder verloren. Ein Deutscher, der in Wien sein Glück versuchte. In unserer Stadt haben sich mittlerweile viele Menschen aus dem deutschsprachigen Nachbarland angesiedelt. Ich frage mich aber immer wieder, warum wohl?
Es gab eine Frau in seinem Leben, das war auf den Fotos, die bei der Entleerung der Schränke zum Vorschein kamen, ersichtlich. Eingefangene, glückliche Momente.
Der Körper hing laut Aussage der Polizei geschätzte drei Wochen, bis den Mitbewohnern der Gestank zu viel wurde. Alle Behausungen waren an Migranten vermietet. Das WC und die Dusche waren auf dem Flur und zur Gemeinschaftsnutzung abgestellt. Ein sehr deprimierender Ort, wie es mir schien. Es hatte etwas wie eine Gefängniszelle an sich und vielleicht hat

sich der Verstorbene ja auch so gefühlt. Kaum Licht fiel in die Zimmer. Gleich neben der Wohnungstür gab es eine Spüle, in der ich mir nicht mal freiwillig die Hände waschen wollte. Wieder war alles total verklebt und davon abgesehen gab es noch einen saftigen Wasserschaden, bedingt durch die kaputten Zu- und Ableitungsrohre unter der Abwäsche. Dadurch war das Schränkchen komplett durchnässt und an der Wand und dem Holz wuchs kräftig der Schimmel. Außerdem gab es ein Bett, einen Fernseher und ein kleines Tischchen. Ich kann mir denken, wenn man keine Aussicht hat, aus dieser Misere herauszukommen, dass man schon mal verzweifelt. Nicht, dass ich Selbstmord befürworte, aber manche Menschen sind nun einmal nicht in der Lage, ab einem gewissen Level an Widrigkeiten ihr Leben alleine zu meistern. Denn es gibt sehr viele Menschen, die wirklich alleine sind. Für mich ist das kaum vorstellbar, weil ich eine tolle, große Familie hinter mir habe und mindestens einer immer da ist. Zur Arbeitslosigkeit dieses Menschen kommt noch eine Krankheit und vielleicht das Alter und schon ist man nicht mehr wertvoll für die Gesellschaft. Dann verabschiedet sich vielleicht noch die Frau und schon sieht jemand keinen anderen Ausweg mehr.

Ich denke mir oft, wie groß müssen Traurigkeit und Verzweiflung sein, dass sie jemanden zu so einer Tat treiben.

Allgemein war die Behausung in einem sehr schlechten Zustand. Der Insektenbefall war infernal. Von Maden über Fliegen und Kakerlaken war alles vertreten. Ich beschloss vorab, das Ungeziefer zu vernichten, bevor ich mich ans Werk begeben würde. Die Fenster und Türen werden hierfür gut abgedichtet und wir bedienen uns eines Nebelautomaten, der auf Kontakt mit Wasser reagiert.

Nach drei Stunden waren alle Insekten vernichtet und ich konnte meine Arbeit beginnen. Unter meinen Füßen knackten ihre Kokons. Der Gestank war so unglaublich, dass ich mit Gasmaske arbeitete. Es ist immer eine große Herausforderung, den Geruch aus den Räumen zu bekommen. Wenn es gar nicht anders geht, greife ich gerne auf den Ozongenerator zurück. Ansonsten hilft nur Rückbau. Bisher habe ich es noch in jeder Wohnung geschafft, einen neutralen Geruch herzustellen. Es ist eine Frage der Technik und der Erfahrung. Aufgrund der starken Durchtränkung des Fußbodens und der langen Verweildauer kann der Bestatter meiner Meinung nach nur noch das Rückgrat und die Gebeine mitgenommen haben.

Jagdhaus

Es war kalt und feucht, das Wetter, als mich die Zentrale mit einem Polizisten verband. Er schien recht aufgeregt, als er mich fragte, ob wir auch nach Oberösterreich kommen würden, um einen Tatort zu reinigen, und wie der Ablauf bei einer solchen Reinigung sei. Er erklärte mir, dass er im Namen des Inhabers der Wohnung anrufe.

„Natürlich kommen wir auch nach Oberösterreich. Wir reinigen Leichenfundorte in ganz Österreich", erklärte ich ihm.

Woraufhin er noch den Preis einer solchen Reinigung wissen wollte.

Das ist immer der Punkt, wo ich sagen muss: „Ich kann die Kosten nicht einmal schätzen, weil ich weder den Raum kenne noch weiß, inwieweit der Boden beschädigt ist. Wir rechnen nach tatsächlichem Aufwand ab."

Also bedankte er sich und es verging einige Zeit, bis mein Telefon wieder klingelte. Am anderen Ende sprach eine eher zittrige Stimme und ich konnte das Alter meines Gesprächspartners nicht einschätzen. Er sprach leise und ich hatte Mühe alle Daten korrekt zu notieren. Ich vereinbarte einen Termin für den nächsten Werktag. Die Wohnung war nicht bewohnt, also war keine Gefahr im Verzug. Ich wies ihn nur darauf hin, dass er es vermeiden sollte, den Raum zu betreten.

Nach zweieinhalb Stunden auf der Autobahn, Feld- und Güterwegen erreichte ich das Ziel. Abfahrt von Wien war fünf Uhr früh. Unterwegs dachte ich, eigentlich bin ich jetzt schon müde. Mein Mitarbeiter war auch schon angekommen, also wischte ich diese Gedanken und die Müdigkeit zur Seite, um das Jagdhaus zu betreten. Kurz blieb ich davor stehen und genoss die Stille und die herrlich erfrischende Luft, die mich umgab. Ich stand mitten im Wald. Das Jagdhaus war ein Gebäude aus dem 18. Jahrhundert und streckte sein Dach in den wolkenverhangenen Himmel. Sehr einsam gelegen, aber unglaublich imposant habe ich es in Erinnerung. Als wir durch den Haupteingang auf altem, steinernem Boden das Forstamt betreten, finde ich den Herrn, der mich in Wien angerufen hatte. Seine Erscheinung passte zu seiner Stimme – zutiefst entsetzt über die Geschehnisse der vergangenen Stunden. Herr Huber hat erlebt, was man normalerweise nur im Fernsehen zu sehen bekommt. Er erklärte mir, dass er den Toten gefunden habe und dass alle, die ihn kannten, entsetzt wären und keine Erklärung dafür hätten. Der Tote hatte seine Stelle noch nicht lange inne gehabt. Man kannte seine Gewohnheiten noch nicht so genau, aber als er am vergangenen Morgen bis Mittag nicht zur Arbeit erschien, ging er, um nachzusehen, ob alles in Ordnung sei. Als er die Tür öffnete, sprang ihm das Entsetzen entgegen. Vor ihm lag der Kollege im Blut und neben ihm Teile seines Gehirns, die er beim Öffnen, durch das Türblatt, zur Seite schob.

So der erste Bericht über die Beschaffenheit des Tatortes.

„Warum tut jemand so etwas?", fragte er mich.

„Es wäre gut, wenn Sie uns das Zimmer jetzt zeigen würden. Ich kann diese Frage nicht beantworten. Das weiß nur der Verstorbene", antwortete ich.

Also stiegen wir die alten, ehrwürdigen Treppen hinauf. Eine schwere Holztür knarrte in ihren alten Angeln und gab den Weg zur Wohnung frei.

Es war eine wirklich tolle und unglaublich große Wohnung. Früher wusste man eben gut zu leben – zumindest die Hochherrschaftlichkeit. Überall standen unausgepackte Möbel herum, für die Größe der Wohnung absolut zu wenig Mobiliar. Die Wände waren kahl, kalt und weiß. Eine ungemütliche, unwirtliche Behausung, obwohl das nicht an dem Haus selbst lag, sondern eher an der Person, die hier lebte und wie sie sich einrichtete. Ich konnte mir vorstellen, dass es viele Menschen gäbe, die diese herrschaftlichen Gemäuer gerne mit Leben durchfluten würden. Für eine einzelne Person war das aber absolut überdimensional.

Es war kalt, auch in der Wohnung. Das macht es uns bei der Arbeit nicht gerade leichter. Schließlich arbeiten wir mit Schutzanzügen und hier mussten wir die Jacken anbehalten. Man kann sich denken, dass das die Bewegungsfreiheit nicht gerade fördert.

„Sie müssen nicht noch einmal in das Zimmer gehen", sagte ich zu Herrn Huber. Er atmete tief durch, bedankte sich und zog davon. Unter seinen Füßen knarrten die Stufen der alten Treppe.

Jetzt waren wir allein und die Stille empfing uns. Ich öffnete die Tür zum Schlafzimmer. Ein immer wiederkehrender Anblick. Mein Mitarbeiter war das erste Mal an einem Tatort und ich beobachtete ihn sehr genau. Er schien ruhig.

Ich erklärte ihm die Sicht- und Vorgangsweise. Das heißt, wo Blut zu finden ist, wo nur Liquor zu finden ist, wo er Gewebefetzen und Schädelfragmente findet. Wir besprachen, aus welcher Richtung der Schuss gefallen sein muss, wo und womit wir beginnen würden, womit er was reinigen musste, und machten uns ans Werk. All diese Informationen sind wichtig für ein späteres, gutes Reinigungsergebnis. Es darf niemals vorkommen, dass der Kunde nach uns zum Beispiel einen Schrank wegschiebt und ein Stück der Leiche vorfindet. Das wäre fatal.

Mein Mitarbeiter suchte nach dem Einschussloch des Projektils und fand es über sich in vier Meter zwanzig Höhe. Sein Gesicht spannte sich und er schluckte kurz. Ich sagte ihm, dass er viel darüber sprechen soll; jetzt mit mir und später auch mit anderen Menschen seines Vertrauens.

Ich war froh, dass wir unser Fahrzeug so sorgsam gepackt hatten und eine hohe Leiter nicht fehlte. In dieser Einöde gab es keine Chance auch nur die kleinste Kleinigkeit nachzurüsten.

Im Raum standen ein nicht fertig aufgebauter drei Meter hoher Schrank, ein Doppelbett und Möbelkartons. Der Fußboden war kaputt, das sah ich auf Anhieb. Ein uralter Holzboden. Mir tat es fast spürbar weh, dass ich ihn schlussendlich zerstören musste.

Mein Mitarbeiter machte sich an die Desinfektion der Wände, die später geschliffen und mit einer speziellen Farbe gesperrt werden mussten, sodass für den Maler keine gesundheitsgefährdenden Bestandteile mehr verblieben, die er durch seine Arbeitsgeräte unter Umständen verschleppen könnte. Ich machte mich daran, den überdimensionalen Schrank zu reinigen und zu desinfizieren, und ich war erleichtert, dass dieser weiß laminiert und somit gut abwaschbar war. Auch das Bett musste natürlich gereinigt werden. Durch das Zurückfallen des jungen Mannes landete sein Körper auf dem Bett, sodass die Matratze nicht zu retten war. Also verpacken und zur Müllverbrennung. Manche Gegenstände kann man einfach nicht reinigen, so auch Matratzen, filigrane Gegenstände oder Holz. Manchmal würde die Reinigung höhere Kosten als eine Neuanschaffung verursachen. Holz ist ein offenporiger Werkstoff und hat die natürliche Eigenschaft, Flüssigkeit aufzunehmen, so auch Blut und andere Körperflüssigkeiten. Würde man diese zu Schaden gekommenen Teile nicht entfernen, müsste man davon ausgehen, dass sie nach einiger Zeit zu riechen beginnen würden. Oder dass Toxine (das sind Abfallprodukte und Überlebensformen von Bakterien) zu späterer Zeit einen geeigneten Wirt fänden und so ihre krankmachende Wirkung auf den Körper ausüben könnten.

Als ich bei der Reinigung des Schrankes bemerkte, dass Teile des Schädels und des Gehirnes auch auf dem Top des Schrankes lagen, war mir klar, dass der Schrank von der Wand abgerückt werden musste. Er war auf circa vier Meter in vier Teile geteilt. Das machte es leichter, jedoch nicht einfach, denn die Tür des Schlafzimmers war ebenso alt wie das gesamte Haus, demzufolge niedriger, als wir groß waren. Man musste den Kopf etwas einziehen, um ohne Verletzung ins Schlafzimmer eintreten zu können. Noch im Nachhinein huscht ein Lächeln über mein Gesicht, denn es sah sicher sehr komisch aus, wie wir in gebückter Haltung dieses Monster durch die Tür fädelten.

Ich sollte Recht behalten. Hinter dem Schrank lagen Teile des Schädels, wie ich es vermutet hatte.

Es wäre nicht auszudenken, wenn diese Fragmente einem Dritten nach unserer Reinigung in die Hände gefallen wären. Natürlich kann es mal sein, dass wir etwas übersehen, aber es sollte nicht passieren. Deshalb wird unter anderem ein derartiger Tatort niemals von einer Person alleine gereinigt. Es muss immer jemanden geben, der eine Nachkontrolle der eigenen Arbeit macht. Wenn man drei Stunden an einer Sache arbeitet, stellt sich ein gewisser Tunnelblick ein.

Mein Mitarbeiter war indes durch das Schleifen der Wände komplett weiß vom Schleifstaub. Es war anstrengend, denn er musste natürlich mit kompletter Schutzkleidung und Schutzmaske arbeiten und diese regelmäßig wechseln.

„Wir machen Pause", sagte ich nach fünf Stunden Arbeit.

„Ich habe vergessen, etwas zu essen mitzunehmen", meinte er.

„Siehst du, ich habe an dich gedacht", und reichte ihm zwei Wurstsemmeln und eine Flasche Wasser.

Im Nebenraum hielten wir unsere Pause. Mein Helfer hatte seine Jacke ausgezogen, weil ihm durch die Schleifarbeit warm geworden war. Also hockten wir beisammen und hatten Zeit, unseren Gedanken nachzuhängen. Mein Helfer ist Ungar und spricht diesen liebenswerten Akzent, der für dieses Land so typisch ist.

„Warum macht das jemand?", fragte er mich.

„Wenn ich diese Frage nur beantworten könnte. Ich kann es nicht sagen, aber es muss ein unglaublicher Schmerz und eine Verzweiflung sein, wenn man an nichts anderes mehr als den Tod denken kann."

„Ich könnte meine Familie nie verlassen, wenn ich daran denke, welchen Schmerz ich ihnen bereiten würde. Nein, das würde ich nicht machen. Meine Kinder sind erwachsen, aber sie leben noch immer bei uns. Bei uns ist das so.

Die Söhne bleiben im Haus der Eltern und die Töchter gehen, wenn sie heiraten, in das Haus ihrer Schwiegereltern. Ich finde das richtig, weil es so gewisse Regeln für das Leben gibt und niemand ist alleine. Das ist bei uns ganz normal. Die Alten, um die sich später die Jungen kümmern, bleiben ebenfalls im Haus. Das ist ein gutes System. Ich habe noch nie so oft von Selbstmorden gehört wie in der Zeit, seit ich in Österreich bin. Das ist eine Modeerscheinung dieses Landes."

Kurze Zeit ist es still. Meine Hände sind eiskalt. Ich denke über das Gespräch nach.

Ein gutes System, in dem sicher viel Toleranz gefragt ist. Aber das scheint es wirklich nur noch außerhalb unserer Grenzen zu geben. Glauben Sie nicht, dass es besser wäre, diese Länder in ihren Sitten nicht zu verlachen? Sollten wir nicht alle wieder ein Stück näher zusammenrücken? Wann sehen sich unsere Familien? Wie gehen wir damit um? Warum missachten wir Systeme als zurückgebliebene Welten? Macht uns das Angst? Dabei ist es doch gerade das, wonach wir alle suchen. Geborgenheit, ein Heim, das nicht aus einem Zimmer in irgendeiner Anstalt besteht, mit geregelten drei Mahlzeiten und Schwestern, die man nicht kennt. Zuneigung und Liebe in der alten Vertrautheit.

Ich schaue ihn an und bewundere ihn für diese Lebenseinstellung.

„Ich kann dir nur noch einmal sagen, dass ich nicht weiß, was zu einer derartigen Tat bewegt. Viele Menschen haben scheinbar alles, aber offenbar haben sie nichts. Vor allem glaube ich, dass sie nichts verstanden haben."

Unser opulentes Mittagsmahl ist verzehrt und wir gehen wieder ans Werk. Ein paar Stunden später wird es so weit sein, dass wir nach der Reinigung dem alten Holzboden zu Leibe rücken. Mit verschiedensten Sägen machen wir uns ans Werk, bis wir nach vier Schichten Holzboden aus sämtlichen Epochen auf die Beschüttung aus Schlacke stoßen. Ich war erstaunt, dass das Blut so weit eingedrungen war. Wir sprechen hier schließlich von einer übereinander gearbeiteten Holzschicht von fünfzehn Zentimetern.

„Von außen sah es gar nicht nach so viel Blut aus", meinte mein Mitarbeiter in seinem charmanten, gebrochenen Deutsch.

„Jetzt verstehe ich, warum wir den Boden aufmachen müssen." Inzwischen war es zwanzig Uhr dreißig geworden und unsere Kraft schwand zusehends. Aber wir waren guter Dinge und mein Mitarbeiter erklärte mir, dass er jetzt den Schutt verpacken und verladen würde.

Inzwischen hatte ich die Fenster gewaschen und desinfiziert. Es war noch der verbliebene Boden zu reinigen und zu desinfizieren.

Hinter uns lag ein schwerer Arbeitseinsatz und bis zu unserer Rückkehr nach Wien vergingen insgesamt siebzehn Stunden. Auch das ist ein relevantes Merkmal für den Beruf des Tatortreinigers. Nicht schlapp machen und durchhalten, Verbundenheit dem Anderen gegenüber sind Grundvoraussetzungen durchzuhalten.

Entsprechend müde waren wir am darauffolgenden Tag. Aber das ist in Ordnung, denn wir haben unserem Kunden einen großen Dienst erwiesen. Als er sich bei uns gegen achtzehn Uhr verabschiedete, sah er mich durchdringend an und meinte: „Frau Zelenka, ich kann und will nicht auf Wiedersehen sagen. Obwohl ich Sie sehr bewundere dafür, was Sie tun. Aber ein Wiedersehen mit Ihnen wäre ein Wiedersehen mit dem Tod." Ich lächelte ihn an und verstand. Diesen Satz hatte ich schon öfter gehört.

Einundfünfzig Kopfschüsse

Die Orte, an die Menschen sich zurückziehen, um zu sterben, sind unterschiedlich, wenn auch nicht immer originell. Ich kann auch keine Tendenz oder ein Anzeichen erkennen, ob man vor der Tat über die Folgen, die am Gebäude entstehen, nachgedacht hat, ganz zu schweigen davon, ob man die Folgen für die Hinterbliebenen bedacht hatte.

Ich muss sagen, dass mich diese Geschehnisse doch manchmal in den Schlaf begleiten und die wirkliche Verarbeitung erst dort oder sehr viel später, zu einem Zeitpunkt, an dem man nicht damit rechnen würde, passiert. Manchmal wecke ich meinen Mann, weil ich durch den Traum aus dem Schlaf gerissen werde und dann nicht mehr einschlafen kann. Ich bin sehr froh, dass er für mich immer da ist und zumindest versucht zu verstehen, welcher Film da in mir abläuft.

Unter diesen einundfünfzig Kopfschüssen waren lediglich zwei Frauen, die sich in dieser Form das Leben nahmen. Die Information der Hinterbliebenen zeigt, dass sie oft unter Depressionen litten und entsprechende Medikamente einnahmen.

Wenn Sie ständig mit derartigen Geschehnissen konfrontiert sind, ist es unvermeidbar, dass Bilder in Ihren Kopf eindringen. Bilder, die Sie nicht nur mit den Augen aufgenommen haben. Natürlich verbiete ich mir das, aber manchmal ist das Unterbewusstsein stärker und das Schauspiel des Selbstmordes spielt sich vor meinem inneren Auge ab. Da gibt es den lauten Knall des Schusses, die Explosion, wenn das Projektil in den Schädel eindringt und den gesamten Raum kontaminiert.

Das Bild eines Menschen ohne Kopf hatte mich einige Zeit gefesselt. Ich überlege, ob es den Toten schwergefallen ist, Abschied zu nehmen, hat er vielleicht sogar geweint oder war er glücklich über seinen Entschluss? Und immer wieder komme ich zu dem Schluss, dass das Tragen von Schusswaffen stärkeren Auflagen unterliegen sollte. So würde ich jährliche Untersuchungen über den physischen und psychischen Zustand des Trägers befürworten, wenn es schon nicht möglich ist, den Besitz von Waffen gänzlich zu unterbinden. Berufsgruppen wie zum Beispiel Jäger oder ähnliche sollten auf jeden Fall in kurzen Abständen auf ihre Tauglichkeit, eine Schusswaffe zu tragen, geprüft werden. Bei Jägern und Polizisten ist die Hemmschwelle offenbar ohnehin geringer, da sie wissen, was und wie der Tod in diesem Zusammenhang eintritt. Außerdem sind sie den Umgang mit der Schusswaffe gewohnt.

Das Endprodukt bleibt dasselbe. Es reißt ein Loch – nicht nur in das Gemäuer des Gebäudes – es reißt ein Loch in so vielerlei Hinsicht ...

Vergessen, verloren, gestorben

Ein Haus auf dem Land, eine Geschichte, glückliche Stunden, Zorn, Tränen, Enttäuschung und Einsamkeit.

All das kann man körperlich wahrnehmen, wenn man sich dem Haus nähert. Ich habe mir in der vergangenen Zeit als Tatortreinigerin sehr feine Antennen für Schwingungen zugelegt. Das ist manchmal hinderlich, andererseits begrüße ich diese Veränderung in meinem Leben, denn sie verändert den Zugang zu den Menschen.

Ein Notariat ruft mich an, um mich mit der Reinigung eines Leichenfundortes zu beauftragen. Später werde ich feststellen, dass dies der schlimmste Leichenfund war, den ich je gesehen habe. Nicht von der feinstofflichen Seite aus, sondern von der Kontamination des Gebäudes.

Wie schon erwähnt, hatte ich mit Peter bereits eine Reinigung durchgeführt, nachdem der Mieter auf dem WC verstorben war und einige Wochen an seinem Sterbeort verblieb, bevor er von der Polizei und der Feuerwehr gefunden wurde. Grund der Auffindung war der bestialische Gestank, der von dem Haus ausging.

In diesem Fall kann ich nicht sagen, warum man den verstorbenen Vater erst nach mehr als drei Monaten fand.

Zur Besichtigung des Hauses ist der Sohn anwesend, der seinen Vater schon seit fünfzehn Jahren nicht mehr gesehen hat. Der Kontakt war locker. Vor vielen Jahren hatten sich die Eltern getrennt und er wuchs in einer anderen Stadt bei seiner Mutter auf. Der Vater hielt keine Verbindung zu Mutter und Sohn, und somit verlor auch der Sohn das Interesse daran, den Vater zu sehen. Viele Jahre, viel Zeit schafft Distanz und man entfremdet sich. Das Märchen, wonach Blut dicker ist als Wasser, ist somit auch gelüftet.

Hinter dem Haus findet sich als Relikt alter, vergangener und glücklicher Zeiten der Rohbau des geplanten Hauses für die Familie.

Der Himmel ist wolkenverhangen, es ist vier Tage vor Weihnachten. Der Schlüssel knackt im Schloss der alten Eingangstür. „Ich war noch nicht drinnen", erklärt der Sohn. Er ist ein hochgewachsener, gut aussehender Mittdreißiger mit klugen Augen. „Wie soll ich mich verhalten? Kann ich mir da eine Krankheit holen?"

„Ich gebe Ihnen eine Maske, Handschuhe und Schutzschuhe. Das sollte fürs Erste ausreichen, um Sie zu schützen. Vermeiden Sie es aber, Ihre Kleidung in Kontakt mit den Gegenständen zu bringen. Sonst vertragen Sie unter Umständen Bakterien und Viren."

Der Notar trifft ein und ich übergebe beiden die Ausrüstung. Selbst schlüpfe ich in meinen Schutzanzug. Wieder einmal sehe ich aus wie ein Geist aus einer anderen Welt. Aber diese Art der Bekleidung schützt nicht nur vor Keimen, sondern grenzt auch ab gegen die psychischen Eindrücke.

Die Tür wird aufgesperrt, springt in ihren Angeln nach hinten und gibt den übelsten Gestank frei, den ich je in meiner ganzen Laufzeit als Tatortreinigerin wahrgenommen habe.

Ich kann es nicht in Worte fassen, wie es riecht, obwohl ich das an dieser Stelle gerne tun würde. Es ist ein Geruch, der sich trotz Maske in der Nase verbeißt, in jede Faser der Kleidung eindringt und noch tagelang an einem haften bleibt. Mein Körper verweigert das Einatmen und für einen Moment stockt mir der Atem. Ich lehne es ab, Düfte unter meine Nase zu tupfen. Das hilft vielleicht für den Moment, aber wenn ich irgendwann, irgendwo zum Beispiel Pfefferminzöl riechen sollte, würde es genau diese Bilder in mir wachrufen.

Der Sohn des Hauses verdreht die Augen und seine Gesichtsfarbe verändert sich augenblicklich. Für jemanden, der nie mit dergleichen zu tun hat, ist dieser Eindruck nachhaltig und der Ekel drückt die Kehle zu, beziehungsweise öffnet alle Pforten, die nach oben führen. Er muss sich übergeben. Noch ein Tatort, der gereinigt werden muss. Es ist ihm peinlich, aber nun ist es einmal so. Das macht den Kohl auch nicht mehr fett.

Im Vorbau, der als Vorzimmer dient, liegen einen Zentimeter hoch tote Fliegen. Diese Leichenstraße windet sich weiter über das Wohnzimmer bis zum zweiten Vorzimmer, das zum Klosett und in die einzelnen Schlafzimmer führt.

Der Anblick des Vorzimmers und des offen stehenden Klosetts nehmen mir für einen Augenblick die Hoffnung, diesen Tatort reinigen zu können. Die Gase in der Luft beißen sich in meine Augen. Die Feuerwehr hat den Fliesenboden mit Kartonagen ausgelegt, wie man es auch nach Bränden macht, um nicht unnötig Rückstände zu vertragen.

Peter sieht mich ratlos an. Er hat auch bereits einige Erfahrung mit den unterschiedlichsten Tatortreinigungen gemacht, aber das hier übertrifft alles. Auch ich fühle mich nach diesen ersten Eindrücken hilflos und überlege angestrengt, wo und wie wir beginnen sollen. Beim Betreten der Kartonagen stelle ich fest, dass ich über Maden und eine zentimeterhohe Fettschicht gehe. Es knackt bei jedem Schritt. Die Maden waren schon oft eine Erscheinung bei Reinigungen, jedoch das Fett war in diesem Ausmaß noch nie da gewesen. Ich warne den Notar und den Sohn des Hauses, dass sie achtgeben sollen, um nicht auszurutschen. Es ist spiegelglatt wie auf dem Eislaufplatz. Je mehr ich mich dem Klosett nähere, umso intensiver wird der Gestank. Hinter mir übergibt sich soeben der Sohn ein zweites Mal, gerade damit beschäftigt, mit dem Notar die Schränke nach Brauchbarem, persönlichen Unterlagen und Polizzen zu durchsuchen. So schnell er kann, verlässt er das Haus, um draußen frische Luft zu schöpfen. Ich rate ihm, mehr durch den Mund als durch die Nase zu atmen. Das ist möglich, man muss es nur trainieren. Schließlich riecht man bei Schnupfen auch nichts, wenn die Nase verstopft ist.

Peter folgt mir auf dem Fuße und in seinen Augen lese ich das Entsetzen. Aber auch ich bin mir noch nicht ganz schlüssig, wie wir diese fünf Zentimeter hohe, schwarze Masse aus Klosett und Vorzimmer entfernen sollen.

Der Verstorbene ist im August aus dem Leben geschieden. Jetzt ist es Dezember. Fast Weihnachten. Eine schöne Bescherung!

Der Körper hat die ganze Zeit bis zur Auffindung dort gelegen. In dieser Zeit hat er sich nach und nach zersetzt, ist in seine Bestandteile zerflossen. Immer weiter geflossen – über das Vorzimmer, in jedes einzelne Zimmer.

Die WC-Keramik ist schwarz wie auch die angrenzenden Wände. Sie haben die Leichensäfte aufgesogen, das Fett ist bis unter die

Zimmerdecke gekrochen. Die Maden kleben überall, genau wie die leeren Hüllen ihrer Körper.

Ich wische meine Gedanken zur Seite und hole die Gasmasken aus dem Auto. Anders wäre es nicht möglich, über diesen Dämpfen zu atmen, geschweige denn zu arbeiten. Der Auftrag lautet, das Haus so weit von den Rückständen der Leiche zu befreien, dass keine Ansteckungsgefahr mehr besteht, beziehungsweise man keine Bakterien mehr vertragen kann. Wir beginnen am schlimmsten Punkt des Geschehens, in der Toilette.

Mit einer Schaufel und breiten Spachteln machen wir uns daran, diesen Körperschleim in Spezialsäcke zu verfrachten. Mit den Gasmasken riecht man nichts davon. Ansonsten wäre diese Arbeit nicht möglich gewesen.

Nach drei Stunden ist die schwarze Masse inklusive Maden bis ins Vorzimmer entfernt und in den dafür vorgesehenen Container verladen. Ich mache mich an die Durchsuchung der Schränke nach irgendwelchen Wertgegenständen und entsorge gleichzeitig sämtliche Kleidungsstücke. Die Maden sind bis dorthin gekrochen und haben somit jeden Millimeter des Hauses kontaminiert. Wieder vergehen Stunden, bis ich endlich alles entsorgt habe. Nun rücke ich dem Mobiliar zu Leibe und bemerke, dass der komplette Schlafzimmerboden von den ausgelaufenen Körperflüssigkeiten durch und durch kontaminiert ist. Also muss auch dieser Boden raus. Nach dem Abbruch werde ich feststellen, dass der darunterliegende, alte Holzboden komplett durchtränkt und verschimmelt ist. Der Schaden an diesem Haus ist unschätzbar. Die Wände können nicht abgeschlagen werden, weil sie in Leichtbauweise mittels Rigips erstellt worden sind. Was mit dem Haus geschieht, kann ich nicht sagen. Wir haben vier Tage daran gearbeitet, sämtliche kontaminierte Räume zu entsorgen, zu reinigen und zu desinfizieren. Will man das Haus weiter als solches nutzen, müssten sämtliche Wände der Räume isoliert, der Boden ebenfalls mit Epoxydharz isoliert werden, die Beschüttungen ausgehoben und neu befüllt werden. Also ein sehr großer Aufwand. Ich werde oft darauf hingewiesen, dass eine Tatortreinigung mit zu hohen Kosten verbunden ist. Dem kann ich entgegensetzen, dass wir alles, wirklich alles, mit unseren Händen reinigen und erarbeiten. Maschinen benutzen wir keine, weil diese nicht so zu reinigen sind, dass kein Mikrokosmos übrig bleiben würde. Die Arbeit an sich ist meines Erachtens eine der anstrengendsten überhaupt. Die meisten Menschen sind nicht einmal bereit einen solchen Ort zu betreten. Auch aus dem Grund, weil sie fühlen, dass sie die Energie dort zu stark spüren würden. Deshalb bitte ich an dieser Stelle und auch sicher noch das eine oder andere Mal um Verständnis für den Preis einer solchen Reinigung. Im Übrigen hier noch ein Tipp: Man kann die Kosten im Zuge der jährlichen Steuererklärung unter Bestattungskosten geltend machen. Eine Versicherung übernimmt unsere Leistung leider nicht. Obwohl ich schon mit der einen oder anderen Versicherung diesbezüglich im Gespräch war. Schließlich würde sich ein Versicherungsunternehmen stark von der Masse abheben, wenn es eine derartige Leistung anbieten würde. Die Kosten für die Versicherung selbst würden sich in Grenzen halten. Wir sprechen hier von einem Promille-Satz. Vergleichbar damit, als würden Sie in Ihrer Bestattungsvorsorge den Rücktransport aus dem Ausland mitversichern oder in der Unfallversicherung den Knochenbruch. Weder sterben die meisten Menschen im Ausland noch erleiden sie einen Knochenbruch. Die Unfall- beziehungsweise Bestattungskosten an sich wären mit Abstand der höhere Kostenfaktor. Aber vielleicht sieht ja noch ein gewifftes, kundenorientiertes Versicherungsunternehmen die Chance, seinen Kunden einen derartigen Baustein im Versicherungspaket anzubieten. Sie würden damit dazu beitragen, unseren hygienischen Standard in Österreich aufrechtzuerhalten, und einen großen Beitrag für die Hinterbliebenen leisten, die meist in diesen Fällen überfordert sind. Aber vielleicht muss erst der Bedarf für eine solche Leistung geweckt werden und ebenso das Bewusstsein, dass unsere hygienischen Standards sich über viele Jahrhunderte hinweg entwickelt haben und sich durch Unachtsamkeit genauso schnell wieder verschlechtern können.

Stellen Sie sich nur folgende Situation vor:

Eine Familie macht einen Leichenfund und man versucht den Fundort selbst zu reinigen. Niemand aber weiß, welche Bakterien oder Viren der Verstorbene in sich getragen hat – oft wissen wir das zu Lebzeiten selbst nicht.

Also macht sich die Familie an die Arbeit und entsorgt die kontaminierten Bauteile und das Inventar wie gewohnt im Hausmüll. Nun ist es so, dass auch in unserer heutigen Zeit sehr viele Menschen nach noch Brauchbarem im Müll suchen. Auf diese Weise können Bakterien denjenigen, der damit in Hautkontakt kommt, einerseits als Überträger benutzen, andererseits diesen Menschen unter Umständen infizieren. Diese Möglichkeit besteht, genauso wie die Möglichkeit, dass Sie irgendwann einmal Ihre Haushaltversicherung brauchen, weil Sie einen Wasserschaden haben.

Zurück zu unserem Tatort.

Nach vier Tagen und zwei Containern, die im Übrigen sofort zur Verbrennungsanlage verbracht wurden, war dieser Auftrag bis auf weiteres für uns erledigt. Das Haus sollte noch zur Gänze geräumt werden. Doch dafür muss die Verlassenschaft abgeschlossen sein und das dauert oft mehrere Monate.

Ein schöner Messie

Das Thema Messie ist freilich ein sehr interessantes.

Ich habe noch nie einen Messie persönlich gesehen, aber mit den Folgen eines solchen Lebens bin ich bei meiner Arbeit regelmäßig konfrontiert. Dieses Phänomen wird von Außenstehenden oftmals sehr negativ kommentiert, während die Betroffenen Verständnis und Hilfe bräuchten.

Meine Mutter hat mich gelehrt: „Kehre erst einmal vor deiner eigenen Tür. Wenn du damit gänzlich fertig bist, dann kannst du dich um andere Dinge kümmern."

Sie hat sehr recht damit. Vorurteile, anderen Menschen gegenüber, bringen niemandem etwas, ganz im Gegenteil.

Im Grunde darf jeder leben, wie er es für sich als richtig empfindet. Das ist ein Grundgesetz unserer Gesellschaft. Jeder Einzelne von uns würde sich darüber echauffieren, würde er von Anderen gemaßregelt. Es sei denn, unser Verhalten gefährdet Leib und Leben der Gesellschaft.

Was das Verhalten von Messies anbelangt, habe ich schon viel erlebt und erfahren. Nach mittlerweile Bergen von Krimskrams und noch mehr gesichteten Papieren ist mir die Neugierde an Persönlichem anderer Menschen vergangen. Im Grunde ist es immer wieder dasselbe Prozedere. Messies sind unfähig, ihre Angelegenheiten und Dokumente in Ordnung zu halten. Aus diesem Grund kann es durchaus sein, dass sich die Geburtsurkunde und die Münzsammlung unter mehreren Schichten Zeitungen, Pizzaschachteln und Bierdosen befinden. Das erschwert natürlich die Arbeit und gestaltet sie sehr langwierig.

Denn jedes einzelne Papier muss gesichtet und gelesen werden, jede Schachtel muss umgedreht und ausgeräumt werden. Aus dem Englischen übersetzt bedeutet „Mess" Unordnung.

Das Messiesyndrom bezeichnet also die Unfähigkeit einer Person, Ordnung zu halten und sich von Dingen zu trennen. Für einen Messie sind die einfachsten Alltagsaufgaben ein großes Problem, was in manchen Fällen auch dazu führt, dass der Betroffene nicht mehr aus dem Haus geht und sehr zurückgezogen lebt. Soziale Kontakte gehen langsam verloren.

Andere wiederum besuchen nach wie vor ihre Verwandten, lassen aber niemanden in ihre heiligen, langsam vergammelnden vier Wände.

Viele Wohnungen habe ich ausgeräumt, gereinigt und desinfiziert. Manchmal waren die Bewohner in ihrem Sammelsurium verstorben und wurden unter Umständen auch verschüttet, nachdem Stapel von Zeitungen über ihnen zusammenbrachen. Das macht es schwierig, den Leichnam zu finden, denn auch der Geruch ist somit nicht sofort eklatant. In solchen Fällen kann es passieren, dass der Tote erst gefunden wird, wenn die Körperflüssigkeit durch den Fußboden und die Zimmerdecke des darunterliegenden Nachbarn dringt.

Manchmal werden sie auch noch rechtzeitig gerettet und in Pflegeheimen oder betreutem Wohnen untergebracht.

Für einen Messie ist dies eine große Herausforderung, weil er dann seiner Neigung, seiner Sucht, nicht mehr nachkommen kann. Es ist eine Sucht, die einer Behandlung bedarf. Manche schaffen es mit professioneller Unterstützung, davon wegzukommen, manche nicht.

Ähnlich starken Rauchern. Darunter gibt es einige, die sich das Rauchen nicht oder nur sehr schwer abgewöhnen können.

Der Messie, von dem ich erzählen möchte, wurde gerettet und ich freue mich sehr darüber. Oft erhält man Einblick in die Seele eines Menschen, die sonst im Verborgenen bliebe. Ich nenne ihn bei meiner Schilderung Jo.

Als ich die Wohnung betrete, eine im Übrigen sehr schöne Wohnung, umfängt mich der modrige Geruch, der für Messie-wohnungen an sich typisch ist. Dabei wird dieser Geruch von der Art der gesammelten Dinge beeinflusst und inwieweit der Bewohner noch am gesellschaftlichen Leben teilnimmt.

Mit Schutzkleidung ausgestattet, mache ich mich mit der Verwandten von Jo auf, die Wohnung zu besichtigen.

Man weiß nie, welches Getier und welche Art Verschmutzung auf einen wartet.

Das Vorzimmer wirkt optisch noch relativ harmlos. Nur einige Kleidungsstücke liegen gestapelt und offenbar schon viele Jahre in den Ecken. Der Geruch jedoch ist beißend, wobei ich in diesem Moment die Ursache noch nicht zuordnen kann.

Die Wohnung hat circa einhundert Quadratmeter; mir steht also noch einiges und so manche Überraschung bevor. Als ich WC und Badezimmer betrete, wird der Gestank unerträglich. Beißender Geruch steigt in meine Nase. Die letzte Reinigung liegt offenbar schon viele Jahre zurück. Die Fliesen im WC sind bis auf ihre Gesamthöhe von einem Meter zwanzig mit Schmutz und Fäkalien verschmiert. Den Zustand der Keramik und des Bodens muss ich nun nicht weiter beschreiben, denn die ehemals weiße Farbe ist nicht mehr zu erkennen. Später sollte ich erfahren, wie und wo der ehemalige Bewohner dieser Wohnung seine Notdurft verrichtet hat.

Ein ähnliches Bild bietet sich mir im Badezimmer. Wobei ich bis heute nicht sagen kann, welche rötliche Flüssigkeit sich in der Badewanne befand. Der Gestank ist auf jeden Fall unglaublich und auch hier sind weder der Fliesenboden noch das Handwaschbecken sichtbar. Das Wasser beziehungsweise die Flüssigkeit in der Wanne ist nicht zuzuordnen und kann somit auch nicht in die Kanalisation abgelassen, sondern muss separat entsorgt werden. Die Aufnahme ist sehr mühsam und ein aufwändiger Prozess; man kann nicht einfach eine Pumpe verwenden, denn wie will man diese reinigen, sodass man sie ohne Bedenken anderenorts wieder benutzen kann?

Ein mir bekanntes Bild finde ich in den nachfolgenden Zimmern; Wohnzimmer und Kinderzimmer, ich vermute zumindest, dass es dies einmal war, sind randhoch gefüllt mit Bierdosen, leeren Tetra Pak von Rotwein, Zigarettenschachteln, Papierkram und Kisten übervoll mit Schriftstücken. Im Kinderzimmer steht ein Computer und rund um ihn herum liegen jede Menge Laufwerke, Bierdosen und Aschenbecher. Offenbar wurde hier tatsächlich etwas geschrieben. Zwischen all dem finden sich leere oder halb volle Pizzaschachteln und Verpackungen von Junkfood.

Im Wohnzimmer wird der Geruch wieder penetrant und als ich einen Blick ins Schlafzimmer werfe, ahne ich, woher er kommt. Mit den Füßen schiebe ich den Müll zur Seite, sodass ich mir einen Weg frei mache, um ins Schlafzimmer zu gelangen.

Das Bett dort ist kaum sichtbar. Begraben unter Speiseresten, Verpackungen und Zigarettenstummeln hatte es sicher auch schon glücklichere Zeiten erlebt. Exkremente sind überall im und um das Bett verteilt. Je mehr ich mich dem Fenster nähere, umso infernaler wird der Gestank. Trotz Maske kann man kaum mehr atmen und jetzt sehe ich auch, warum. Neben dem Bett stehen zig Behälter, in die der Bewohner seine Notdurft verrichtet hat. Ich denke an meine Jungs und hoffe, dass sie es schaffen werden, diese Wohnung wieder auf Vordermann zu bringen. Ich bin sehr stolz auf sie, denn was sie leisten, ist wirklich großartig. Von der Tatortreinigung bis hin zur kompletten Sanierung erledigen sie hervorragende Arbeit. Jeder von ihnen hat einen Beruf erlernt, der bei der Sanierung gebraucht wird. Vom Maler über Tischler, Elektriker und Installateur ist alles dabei. So habe ich eine sehr gute Crew und muss keine Fremdarbeiter aufnehmen. Das ist wichtig, denn gerade Kompetenz ist hier gefragt. Jeder von ihnen ist etwas ganz Besonderes und mir sehr wertvoll. Vlado ist ein junger, groß gewachsener Mann. Er hat Kraft für drei und kann alles, vom Bodenlegen bis zur Elektroinstallation. Als er die Wohnung betrat, war ihm nicht ganz wohl. Etwas machte ihm Angst. Keine Minute wollte er hier alleine arbeiten. Leider kann ich diese Wünsche manchmal nicht erfüllen, obwohl ich nur ungern jemanden in einer Leichen- oder Messiewohnung alleine lasse. Wenn ich ihn mir so ansehe, kann ich mir kaum vorstellen, dass es etwas gibt, das ihm Angst machen könnte.

Nach der Besichtigung war die Verwandte froh, diesen Ort wieder verlassen zu dürfen. Sie hatte sehr lange keinen Kontakt zu dem jetzt im Pflegeheim untergebrachten Jo. Es war normal für sie und die Familie geworden, dass Jo sich nicht meldete und an keinen Familienfeiern teilnahm. Bis zu dem Tag, als sein Gesundheitszustand sich derart verschlechterte, dass ihn die Todesangst packte. Da griff er dann doch zum Telefon und meldete sich bei der Verwandten. Die Rettung schleppte den schwer übergewichtigen Jo aus der Wohnung. Die Aktion dürfte recht schwierig gewesen sein und ich ziehe den Hut vor den Sanitätern. Denn nicht nur, dass sie über hundertfünfzig Kilo aus der Wohnung transportierten, sie mussten sich ihren Weg auch durch den mit Bierdosen, Tetra Pak und sonstigem Müll überfüllten Fußboden bahnen. Sein Körper dürfte nach den Erzählungen schon einige Zeit kein Wasser mehr gesehen haben, geschweige denn Seife. Nachdem ich die Badewanne noch im Gedächtnis habe, wundert mich das kaum.

Jo's Welt – Ein Ausflug in die Seele

Ich habe Fotos von Jo gesehen. Er war ein wirklich sehr schöner, kultivierter, junger Mann und beherrschte drei Sprachen in Wort und Schrift. Die Schriften, die ich im Müll fand, zeugen davon. Bei meinen Räumungen muss ich oft sämtliche Taschen in Hosen und Jacken durchsuchen. Das ist ein Teil meiner Arbeit, den ich nicht mag, ja, der mir sogar unangenehm ist. Ich trage zwar Handschuhe, aber zum einen weiß ich ja nie, worauf ich da stoße, zum anderen ist das ein sehr intimer Bereich eines Menschen. Und doch war es auch in diesem Fall so. Jo hatte unglaublich viele Sakkos, Hemden, Hosen und Jacken. Das allerfeinste Tuch fand ich in seinen Schränken. Mit dem Rücken zum Bett, das ich mir für die Durchsuchung bis zum Schluss aufhob, ging ich einen Schrank nach dem anderen durch. Der Gestank im Schlafzimmer war infernal, aber damit wollte ich mich in diesem Moment noch nicht befassen. Andere Gedanken kamen mir in den Sinn: Welcher Mensch war Jo, wie hat er in diese Situation geraten können, warum hat er sich nach und nach durch Alkohol zerstört? Denn das war nicht von der Hand zu weisen. Er schrieb sogar darüber und war sich seiner Sucht sehr wohl bewusst.

Ich hatte einmal einen Onkel, der ebenfalls Alkoholiker war. Es ist erstaunlich, welchen Einfallsreichtum man durch das Suchtverhalten entwickelt.

Seine Leber war nur noch ein riesiger Schwamm und da gab es keine Medizin mehr, die geholfen hätte. Sein Tod kam sehr plötzlich.

Leberzirrhose ist nicht rückgängig zu machen. Zerstörte Zellen wachsen in diesem Fall nicht nach. Ebenso werden bei jedem Vollrausch sehr viele Gehirnzellen irreversibel zerstört.

Jo wünsche ich von ganzem Herzen nur das Beste und noch ein langes, glückliches Leben.

Ich wünsche ihm, dass er erleben darf, dass es eine Chance gibt, seinen Weg in Würde weiterzugehen, auch wenn er ihn vorübergehend verlassen hat und er auch verlassen worden ist. Der Glaube daran ist ihm wohl abhandengekommen.

Das Bild von Jo vervollständigte sich in mir, als ich bei der Dokumentensicherung im Müll ein mit Kaffeeflecken übersätes Blatt herauszog und einige Zeilen las. Seite um Seite. Es ist mir noch nie passiert, dass mein Interesse sich auf etwas anderes als auf Versicherungspolizzen oder augenscheinliche Dokumente richtete. In diesem Fall war ich fasziniert von dem unglaublichen Kontrast der Worte, die Jo vor langer Zeit schrieb, und der Vermüllung und dem Schmutz, die mich umgaben.

Das Geschriebene war so klar und rein, von unglaublicher Zartheit und Weisheit, ein kompletter Kontrast zu seiner sichtbaren Lebensweise. Seither habe ich zu Messies eine neue Einstellung. Für mich sind es keine Menschen, die man, wie in den Medien in letzter Zeit öfter zu sehen ist, als Ausstellungsstücke vor die Kamera zerrt. Ein Messie ist nichts Abartiges oder gar ein Monster, wie ich es auch schon gehört habe. Er ist für mich ein Mensch, der vielleicht feiner fühlt als manch anderer Mensch. Der nach Liebe sucht, diese schenkt und nicht verstehen kann, dass Liebe vergeht oder dass Menschen irgendwann durch den Tod unser Leben wieder verlassen müssen. In Jo's Fall war es die Tatsache, dass Liebe verschwindet und der geliebte Mensch verschwindet. Er hat gesucht nach dem „Jemand", dem er seine Liebe und Fürsorge schenken kann. Es ist meist ein traumatisches Ereignis, das schlussendlich zu diesem Syndrom führt. Ab diesem Zeitpunkt wird alles gesammelt, was mit dieser Liebe oder dem geliebten Menschen in Verbindung zu bringen ist. Die Dose Bier, die man irgendwo vielleicht mal gemeinsam getrunken hat, die Münzen und viele andere Dinge. Bis der Zeitpunkt kommt, an dem man die Übersicht verliert und des Ganzen nicht mehr Herr wird. Dann wird einfach alles gehortet, Überblick und Kontrolle gehen verloren. Der Betroffene erkennt sein Unvermögen, aber wem soll er sich anvertrauen, wer würde ihn verstehen und ihm helfen, würde man sich über ihn lustig machen, ihn ablehnen, …? Und im Grunde ist ja eh schon alles egal und er zieht sich zurück, bleibt in seiner Hilflosigkeit gefangen. Die Angst, nicht verstanden zu werden, ist zu groß!

Die Scham tritt in den Mittelpunkt.

Wie wäre das bei uns, frage ich Sie? Wenn wir befürchten, von jemandem, der uns nahesteht, Ablehnung oder sogar Tadel zu erhalten, sind wir dann so mutig und stellen wir uns dem Thema? Ohne Wenn und Aber?

Ich glaube, nur selten. Sogar in unserem Leben würden wir meist intuitiv den Weg des geringeren Widerstandes gehen. Schon als Kinder lernen wir, wie wir uns benehmen müssen, um mit Vater, Mutter oder anderen Menschen klarzukommen. Wir entwickeln für jeden eine eigene Strategie, um von ihm angenommen zu werden. Für Jo war es noch schwieriger, denn er hat erlebt, dass er verlassen wurde, und dafür keine Strategie gefunden. Durch sein sehr komplexes Seelenleben schaffte er es nicht, mit seinen Problemen nach außen zu treten. Jo hat manche seiner Gefühle aufgeschrieben, aber es hat ihm schlussendlich nicht geholfen. Mir persönlich hilft das Schreiben schon sehr. Ich kann damit dem Papier meine Gedanken und Gefühle übergeben.

Jo war kein armer Mann. Er hätte sich gut und gerne alles leisten können, mehr noch als viele von uns. Aber was ihm fehlte, gibt es nicht zu kaufen.

Er sehnte sich nach Liebe – er schreibt über die Innigkeit und Reinheit der Liebe, so wie sie für ihn Bestand haben sollte.

An der Reinigung und Entrümpelung der Wohnung arbeiteten wir einige Tage. Als ich das Bett auf eventuelle Wertgegenstände oder Dokumente hin durchsuchte, denn schließlich können auch dort über die Jahre hinweg Wertgegenstände verschüttet liegen, machte ich einen weiteren ekeligen Fund – in dem Spalt zwischen Bett und Fenster standen noch mehr mit Fäkalien gefüllte Behälter. Jo konnte also schon längere Zeit das Bett nicht mehr verlassen. Offenbar hatte er einen Lieferanten für sein Mittagessen gefunden, der regelmäßig Pizza und Leberkäse-Semmeln durch das nahe Schlafzimmerfenster lieferte. Aber um Hilfe konnte er auch nicht bitten. Schließlich hatte er sich in den letzten Jahren der Gesellschaft entzogen und in diese Wohnung wollte er auch niemanden hineinbitten. Kein Fall eines Messie war bisher anders. Über viele Jahre hinweg hatte niemand einen Schritt in diese Abgründe getan.

Eine Frau zum Beispiel war in ihrer Wohnung verstorben. Sie ließ schon seit über zehn Jahren ihre Tochter nicht mehr in die Wohnung. Das begann mit dem Tod ihres Vaters, wo wir wieder bei dem einschneidenden Erlebnis wären, das als Auslöser verantwortlich für diese „Krankheit" ist. Ich schreibe die Krankheit in Gänsefüßchen, weil sich selbst die Ärzteschaft nicht einig ist, ob man diese Störung als Krankheit definieren kann. Diese Frau sammelte Kleider. Es war die gesamte Wohnung vollgestopft davon. Das ehemalige Schlafzimmer der Eltern war unangetastet und die Motten freuten sich schon über viele Jahre hinweg über den Persianer der Mutter.

Jo's Leidenschaft waren Fotos, Briefe, Kleidungsstücke und Bierdosen. Vielleicht auch eher ein männliches Attribut.

Alles aus der Wohnung wurde entsorgt. Die Gedanken und das Gefühl eines ganzen Lebens wurden geräumt, all die lang gehorteten Gegenstände und der Müll endeten in der Verbrennungsanlage.

Die Sanierung der Wohnung dauerte dann noch einige Wochen. Es wurde wieder ein richtig schönes Schmuckkästchen daraus und neues Leben konnte einziehen. Aber Jo's Lebensgefühl ist nicht verbrannt. Es ist niedergeschrieben und bleibt somit erhalten. Er liebte die Natur, die Liebe und das Leben, als es für ihn noch lebenswert war. Jo war sich aber auch sehr wohl darüber bewusst, dass sein jetziges Leben in die falsche Richtung lief, dass er alkoholkrank war und seinen Zustand nicht selbständig ändern konnte.

Ich habe mit diesem Auftrag viel gelernt, empfangen und empfunden. Mir wurde bewusst, dass das Einzige und Wichtige ist,

Liebe, Güte und Geborgenheit zu erfahren und selbst weiterzugeben. Es ist etwas Besonderes, wenn man Menschen findet, die diese Empfindungen empfangen möchten und bei denen es nicht wesentlich ist, wie jemand aussieht.

Jo hat mich tief berührt mit seinen Gedanken. Das, was er suchte, waren echte Liebe und Zuneigung. Verständnis dafür, dass auch er lieben möchte, so wie er lieben kann. Ich hoffe, dass er findet, was er in dieser schweren Zeit so dringend gebraucht hätte.

Nun, nicht alle unsere Einsätze sind so spektakulär wie die vorangegangenen Geschichten. Wir werden auch gerufen, wenn Erbrochenes zu entfernen ist, oder wegen eines streikenden Gefrierschranks im Keller. Das Gefriergut darin, unter anderem auch Fleisch, taute nach und nach auf. Wir wurden von der Hausinspektion gerufen, weil sich leichenartiger Geruch im gesamten Keller verbreitet hatte. Irgendwie war auch das spannend, denn in Wien waren zuvor einige Leichen in Kellern gefunden worden, was im Allgemeinen dazu aufrief, Witze darüber in Umlauf zu bringen.

Der Keller wurde aufgebrochen, um nach dem Rechten zu sehen. Das Schmelzwasser aus dem Gefrierschrank ergoss sich bereits über den gesamten Estrich und stank bestialisch. Aber zum Glück fanden wir keine Leiche vor, wie es bereits durch Gerüchte verbreitet worden war.

Man kann sagen, dass ein Tatortreiniger immer dann zu einer Reinigung gerufen wird, wenn es sich um grobe organische Verunreinigungen handelt. Es muss nicht immer ein Todesfall vorliegen.

DIE KRISE

Immer wieder begegne ich durch meine Arbeit Menschen, die sich in schweren Krisen befinden. Es ist mein Naturell, verstehen zu wollen. Zu erkennen, was hinter den Dingen steckt und wie man damit umgehen kann.

Ich mag Johann Wolfgang von Goethe. Er hat viele weise Gedanken niedergeschrieben. Einer davon gefällt mir besonders gut, weil er zu mir und meiner Einstellung zum Leben sehr gut passt. Er sagte: Auch aus Steinen, die einem in den Weg gelegt werden, kann man Schönes bauen.

Und ein weiterer Ausspruch lautet: Es ist nicht genug, zu wissen – man muss auch anwenden. Es ist nicht genug, zu wollen – man muss auch tun.

Menschen wollen viel und tun wenig. Offenbar gab es diese Neigung auch schon zu Goethes Zeiten und sie ist keine Erscheinung unserer Zeit.

Um zu verstehen, was denn nun eine Krise ist und wie man damit umgeht, besuchte ich Schulungen. Es ist wichtig, sich bei meiner Arbeit als Tatortreinigerin selbst abzugrenzen und nicht zu viel Leid anzunehmen. Auch zu erkennen, dass es nicht meine Aufgabe ist, psychologisch zu beraten, denn nur zu leicht schlittert man in diese Rolle hinein.

Auch kann man die Fragen der Hinterbliebenen nicht beantworten. Die Frage nach dem Warum zum Beispiel verfolgt mich bei meiner Arbeit. Ich kann es natürlich niemandem sagen. Ich am allerwenigsten. Aber wenn man sich die Abläufe einer Krise ins Bewusstsein ruft, dann kann man zumindest besser verstehen, was einen Menschen zu einem Selbstmord bringt.

So spricht man von einer Krise, wenn ein Mensch mit Ereignissen und Lebensveränderungen konfrontiert wird und die zur Verfügung stehenden inneren und äußeren Problemlösungsmöglichkeiten im Augenblick nicht ausreichen, um die Situation zu bewältigen. Dabei verfügt jeder Mensch über unterschiedlich stark oder schwach ausgeprägte Ressourcen. Die Welle, in der die eine Person unterzugehen droht, ist für den anderen noch zu bewältigen. Vergleicht man es mit dem Schwimmen, so kann man sagen, dass es davon abhängt, wie gut jemand schwimmen kann.

Niemals darf es passieren, dass man jemandem auch nur im Ansatz Schuld an einem solchen Ereignis zuweist.

Hinterbliebene durchlaufen meist ein gewisses Krisenschema und suchen ebenso oft nach der Schuld in ihrem eigenen Verhalten.

Zuerst stehen sie unter Schock. Was natürlich ganz verständlich ist, denn wer erträgt schon so einfach die Tatsache, dass eine nahestehende Person sich zum Beispiel den Kopf wegschießt? Da gibt es ja auch unglaubliche Bilder der Phantasie, die vor dem geistigen Auge aufsteigen.

Die Handlungsfähigkeit dieser Personen ist eingeschränkt. Man fühlt sich, als würde man ertrinken, als würde alles rund herum unreal werden. Nach dem ersten Schock folgt die Reaktion. Die sieht bei jedem Menschen anders aus. Sie kann gekennzeichnet sein durch Rückzug, Krankheit, Drogenmissbrauch oder suizidales Verhalten. Es kommt immer darauf an, welches Verhalten man im Laufe der Jahre erlernt hat und welche Ressourcen der Verarbeitung man zur Verfügung hat. Die subjektive

Bedeutung eines Vorfalles, der einen Menschen in eine Krise stürzt, ist für Außenstehende nicht erkennbar. Es ist aber in jedem Fall wichtig, ihn aufmerksam zu beobachten. Nach dieser Reaktionszeit, die für jeden Menschen individuell ist, folgt die Bearbeitung des Problems. Man sucht nach Möglichkeiten die Sache in den Griff zu bekommen. Professionelle Hilfe ist in jedem Fall angesagt. Kriseninterventionszentren stehen hier jedem Betroffenen gerne zur Verfügung. In der Neuorientierung betritt man Neuland. Man hat wieder Mut gefasst und sich mit den Dingen ausgesöhnt, sucht nach neuen Wegen, die meist mit den alten nicht mehr viel zu tun haben. Das gibt Mut und Kraft das eigene Leben positiv zu gestalten.

Professionelle Hilfe findet man in jedem Fall in den Kriseninterventionszentren oder bei den psychosozialen Diensten, die in jeder Stadt eingerichtet sind.

Was passiert nun in einem solch verzweifelten Menschen? Manchmal genügt das Tüpfelchen auf dem i, um eine Krise auszulösen. Das Ereignis kann schon weit in der Vergangenheit liegen und wurde nicht verarbeitet. Dass jemand sich nicht mit einer Situation auseinandersetzt, kann mit der Angst vor Ablehnung oder mit Schuldgefühlen in Zusammenhang stehen.

Manchmal häufen sich über lange Zeit bestimmte, wiederkehrende Situationen an, mit denen man nicht fertig wird. So kann es passieren, dass ein familiäres Problem über Jahre hinweg besteht, von der Umwelt jedoch nicht erkannt wird, wie schwerwiegend es für den Betroffenen ist.

Suizid hat viel mit Flucht zu tun. Schuldgefühle den Angehörigen gegenüber, Angst sie zu überfordern oder Probleme nicht wie gewünscht lösen zu können. Auch die Wünsche eines geliebten Menschen nicht erfüllen zu können, kann für eine labile Person Auslöser einer solchen Handlung sein. Manchmal ist es dem „Opfer" gar nicht klar, dass es Suizidgedanken hat. Dann kommt der Kurzschluss und keiner weiß, warum es dazu so plötzlich kam.

Die Hinterbliebenen sind dann naturgemäß sehr verletzlich. Die Realität ist ihnen zu übermächtig. Viele Menschen erschrecken in dieser Situation vor der Realität und ihren eigenen Gedanken. Jede Krise hat ein narzisstisches Merkmal. Selbstzweifel tauchen auf und das Selbstwertgefühl sinkt. Schuldgefühle, Fragen nach dem Warum und „Wie hätte ich das verhindern können?" sind dann sehr häufig.

Wenn ich in diese Situation komme, in diese persönliche Katastrophe, wird mir für kurze Zeit ein Teil des Kummers und der Krise übergeben. Ich beobachte es immer wieder, dass man geradezu erleichtert ist, wenn wir kommen.

Da ist nun jemand, der für kurze Zeit die Last mitträgt, der einen kleinen Teil des Schmerzes übernimmt, sodass man wieder zum Atmen kommt. Containing wird diese Übergabe des Schmerzes an einen Dritten genannt.

Containing ist genau das, was passiert, wenn man auf einen Menschen in einer Krise trifft. Er darf uns für kurze Zeit als Container für seine Gefühle und seine Schmerzen benutzen.

Die Wut, der Schmerz und das Unverständnis werden ihm kurz abgenommen. Manchmal schimpfen Menschen in solchen Situationen. Das ist dann nur ein Ventil, eine Möglichkeit, mit der Situation umzugehen. Wir nehmen es dann einfach hin, denn man kann sagen, dass dieser Mensch nur wütend ist, weil er Schmerz empfindet.

So ist es auch erklärbar, dass für die kurze Zeit unserer Anwesenheit Beruhigung in die Sache kommt. Wenn wir dann zum Aufbruch kommen, führen wir die Situation des Abschiedes wieder herbei und der Schmerz ist wieder da.

Es ehrt mich das Vertrauen meiner Kunden und ich mache das sehr gerne für sie.

Für mich gehört das zu einer Tatortreinigung dazu. Es ist eine sehr intime Angelegenheit, Tatortreiniger zu sein, und daher nicht für die breite Masse der Bevölkerung als Job geeignet. Oft werde ich gefragt, wie man Tatortreiniger werden kann. Das Wichtigste dabei ist meiner Meinung nach, dass man in sich ruhen kann und eine gesunde, lebensbejahende Einstellung hat. Alle mechanischen Kenntnisse kann man sich aneignen. Nicht aber den wertschätzenden Umgang mit Menschen.

Es gibt eben viele Situationen, in denen Empathie Priorität hat. Wenn jemand verletzt, verwirrt, gequält, verängstigt oder erschrocken ist oder an seinem Selbstwert zweifelt, sich seiner Identität nicht sicher ist, dann ist Verstehen nötig. In solchen Situationen ist mitfühlendes Verständnis, glaube ich, das kostbarste Geschenk, das man einem Menschen machen kann.

(Rogers 1980)

Es gibt einen Begriff aus der kriseninterventionellen Betreuung. Durch meine psychologischen Schulungen, die ich mir von Zeit zu Zeit angedeihen lasse, erfahre ich viel über Suizidalität und was dazu führen kann.

Das ist für mich wichtig, so kann ich mich besser damit auseinandersetzen und verstehe die Zusammenhänge.

So gibt es sehr viele Möglichkeiten, warum sich ein Mensch das Leben nimmt, und immer ist es nur ein kurzer Moment. Da gibt es die Suizidalität bei körperlichen Erkrankungen oder den Bilanzsuizid. Manchmal weiß niemand, dass der Verstorbene an einer Krankheit litt. Aids zum Beispiel. Darüber spricht man nicht gerne. Oder eine Krebserkrankung oder, oder, oder. Wenn jemand aber Bilanz zieht und für sich erkennt, dass er an seinem eigentlichen Ziel vorbeigelebt hat, auch dann kann es zu einem solchen Kurzschluss kommen. Es ist dann wie eine Welle, die einen unter Wasser drückt, die in Panik versetzt und keine Zeit mehr für klares Denken lässt. Das ist der entscheidende und meist sehr kurze Moment, in dem die Verzweiflung größer ist als der Wille zu leben. Gedanken an einen Selbstmord sind nicht unbedingt tödlich. Der Suizid ist in weiterer Folge davon abhängig, zu welchem Zeitpunkt Hilfe angeboten und angenommen wird. Einem Suizid geht meist eine längere Entwicklung voraus. Die Reaktionen der Umwelt in dieser Zeit sind sehr von Bedeutung. So sind Medien dazu angehalten, ihre Berichterstattung weder zu heroisieren noch Details zur Suizidhandlung zu rekonstruieren oder zu beschreiben. Es ist wissenschaftlich nachgewiesen, dass genaue und bestimmte Erläuterungen des Selbstmordes wiederum Selbstmorde auslösen können. Dieser Effekt wird als „Werther Effekt" beschrieben. Nach dem Erscheinen von Goethes „Die Leiden des jungen Werther" stieg die Suizidrate bedenklich an. Nebenbei bemerkt, wundert mich in diesem Zusammenhang nicht die Gewaltbereitschaft in der Bevölkerung und im Besonderen unter Jugendlichen. Schließlich ist unsere Umgebung täglich gespickt mit Gewalt und auch in den Nachrichten wird ausschließlich über Negatives berichtet. Zählen Sie doch einmal nur so aus Spaß an der Freude, wie viele gute Nachrichten übermittelt werden. Sie werden staunen. Es ist ein Phänomen unserer Zeit, dass viel mehr Negatives als Positives berichtet wird.

Ein weiterer Grund für die hohe Selbstmordrate ist das Prokopfeinkommen der Bevölkerung, wo wir wieder beim Konsumverhalten und den Statussymbolen angekommen wären. Nach einer statistischen Auswertung der Suizidforschung Österreich gibt es durchweg mehr Vorfälle in ländlichen Regionen als in der Stadt. Das lässt sich wohl auch damit erklären, dass Städte eine höhere Verfügbarkeit von entsprechend beratenden Stellen anbieten als ländlichere Bereiche. Ich kann das bestätigen, denn ich bin zur Tatortreinigung viel öfter in den Bundesländern unterwegs als in Wien oder anderen größeren Städten.

Es ist für viele Angehörige sehr schwer, zu erkennen, dass sich jemand in Suizidgefahr befindet. Ich habe schon oft gehört, dass über positive Veränderungen berichtet worden ist. Zudem wird oft beobachtet, dass diese Person in den letzten Tagen besonders guter Laune war und durchaus gelöst wirkte. Das ist ein sehr normales Verhalten bei einem Menschen, der beabsichtigt sich das Leben zu nehmen – und für Angehörige ein sicheres Indiz kritischer zu hinterfragen, im Besonderen, wenn bekannt ist, dass es ein Problem gibt. In der ersten Phase denkt ein Mensch nur darüber nach, wie es wäre, nicht mehr zu leben. Im Vordergrund aber steht hier die Tatsache, dass dies eine Möglichkeit wäre, der zu diesem Zeitpunkt großen Belastung nicht mehr standhalten zu müssen. Ein klarer Gedanke an die Handlung wird hier aber noch nicht gehegt. Auf jeden Fall steckt diese Person schon in einer schweren Krise, wo nach einer schnellen Lösung des Problems gesucht werden sollte. Der Tod ist da natürlich subjektiv eine Möglichkeit, aber sicher die falsche.

Blockade und Orientierungslosigkeit – eine Erfindung der Wirtschaft?

Psychotherapie – für jeden ist da etwas dabei. Ich frage mich nur, woher diese ganzen Therapien kommen und ob nicht einige unserer sogenannten Blockaden eine Erfindung der Psychotherapien sind, genau wie unser Konsumverhalten auch eine Reaktion auf die Anregung und Manipulation der Wirtschaft ist. Ohne Therapiebedarf hat natürlich auch der Psychotherapeut keine Arbeit. Sicher gibt es grundlegende Störungen des Nervensystems, wo eine Therapie sehr hilfreich sein kann. Aber warum braucht unsere Gesellschaft nun immer öfter einen Seelendoktor? Um Blockaden zu überwinden? Wo waren denn diese Blockaden in der Kriegs- oder Nachkriegszeit? Ich betone nochmals, dass es natürlich auch in dieser Zeit Menschen gab, die dem Druck jener schlimmen Zeit nicht standhalten konnten und freiwillig den Tod wählten. Aber überlegen Sie doch einmal: Damals herrschte eine wirklich schlimme Zeit. Lebensmittel waren knapp und es reichte nicht einmal aus, um die Grundbedürfnisse zu decken. Heute sind wir im Vergleich dazu reich. Wenige Menschen sind so arm, dass sie sich kein Dach über dem Kopf leisten oder ihr tägliches Brot nicht kaufen können.

So leiden wir in unserer heutigen Zeit an den Folgen des Überflusses, den unterschiedlichsten inneren Blockaden und Störungen, an welchen die Medien einen großen Teil der Schuld tragen. Natürlich existieren all diese „Blockaden" wirklich und so manche hat tiefere Gründe. Aber keine dieser Gefühlsentgleisungen vergeht, wenn wir uns hinsetzen und darauf warten. In jedem Fall ist es möglich, irgendeiner Arbeit nachzugehen. Denn Inspiration und Motivation entstehen nicht durch untätiges Herumsitzen. Das wäre reine Zeitverschwendung. Die Umkehr dieser Gefühle kommt mit dem Tun.

Durch meine Arbeit wurde mein Blickwinkel in eine andere Richtung gelenkt. Auch meine Einstellung zu Konsum und den Gütern, die ich bis dahin „unbedingt" brauchte, veränderte sich allmählich. Eines Tages fing ich an, meine Schränke auszuräumen, und fand unglaublich viele Dinge, die ich nun wirklich nicht mehr brauchte. Oder können Sie mir erklären, warum man unbedingt zwei verschiedene Essgeschirre braucht oder den Schrank voll Bettwäsche, obwohl ja doch meist die gleichen Bezüge im Wechsel verwendet werden? Ich hätte die nächsten fünfzig Jahre eine mehrköpfige Familie damit betreuen können. Ich fühlte mich nach dieser Reinigungsaktion sehr angenehm befreit. Die Wohnung konnte wieder atmen und ich auch.

Pathologisch zeigt sich die Tendenz von inneren Blockaden als steigend. Ich erinnere mich an meine Kindheit und an das Gefühl, wenn mir mal wieder so richtig langweilig war. Erinnern Sie sich, welche Leere Sie da umgab? Nichts wollte das Interesse wecken und wir gingen unseren Eltern damit mächtig auf die Nerven. Aber nach einiger Zeit des Herumhängens kam uns dann doch immer eine mehr oder minder gute Idee, was wir mit unserer Zeit anfangen konnten.

Keinem unserer Eltern wäre je eingefallen, uns in eine Therapie zu stecken, nur weil wir für einige Zeit nichts mit uns anzufangen wussten. Was diese Zeit der heutigen gegenüber auszeichnet, sind das Fehlen von Medien und von überfüllten Schränken. Ich meine damit, dass Fernsehen und Telefon nur sehr selektiv genutzt wurden. Alleine schon weil das Programmangebot um ein Vielfaches geringer war als heute. Auch war es noch naiver und unterhaltender gestaltet. Meine Eltern achteten sehr darauf, dass ich keine Brutalitäten zu sehen bekam. Alfred Hitchcock und der Kommissar waren für uns Kinder streng verboten. Sicher – für die heutige Zeit sind diese Filme Schnickschnack, harmlos und fast schon uninteressant.

Aber warum wollten uns unsere Eltern wohl damals schon vor Mord und Totschlag schützen? Was ist an dem heutigen Blutvergießen anders als an dem damaligen? Abgesehen davon, dass es heute noch in Nahaufnahme und Farbe ausgestrahlt wird, Köpfe vor den Augen der Zuschauer in Zeitlupe zerbersten und Joysticks als Trainingsgerät für das Abschießen von Raketen dienen.

Sind wir robuster in unserer Natur geworden? Sicher nicht, wenn ich mir das suizidale Verhalten und die Rate der Morde und Gewaltdelikte ansehe. Also warum in aller Welt lassen wir es zu, dass unsere Kinder von morgens bis abends die Möglichkeit haben, Derartiges zu konsumieren? Warum ist es so interessant, was in anderen Wohnzimmern passiert? Wer hat uns dazu gebracht? Warum muss jeder Dritte ein I-Phone und ein I-Pad besitzen? Muss er es wirklich besitzen? Oder ist es eine Art der Selbstdarstellung in der Gesellschaft? Eine Menge Fragen. Jeder von uns ist dazu eingeladen, selbst darüber nachzudenken. Ich kann sagen, dass mich die Ereignisse in anderen Wohnzimmern nicht interessieren, weil mein Leben sehr ausgefüllt ist. Ein

Telefon brauche ich nach wie vor, um Kontakte zu pflegen. Ich bin natürlich der Technik nicht abgeneigt, denn das Internet erweist mir bei meiner Arbeit und meinen Recherchen sehr große Dienste. Das Zuviel macht es für mich aus.

Wer so in etwa mein Jahrgang ist, also vor oder nach 1962 geboren wurde, hat vielleicht noch die Erinnerung an Weihnachten. Es gab natürlich auch damals einen gewissen Weihnachtsstress. Aber er barg einen Zauber in sich. Es war familiär. Das Angebot an Waren war für die Mittel- und Arbeiterschicht noch nicht so groß.

Meiner Mutter und meiner Großmutter danke ich von ganzem Herzen für diese Zeit, denn sie hat mich nachhaltig geprägt. Sie machten sich tatsächlich Gedanken darüber, was sie uns schenken konnten, und bei keinem Geschenk haben wir Kinder die Nase gerümpft. Natürlich bekamen wir Kinder Geschenke und meine Puppe von damals und den Puppenwagen habe ich noch bis heute. Aber das größte Geschenk, das sie uns machten, war ihre Liebe und die Orientierung, die sie uns schenkten. Weihnachten war eine Zeit der Gemeinsamkeit, des Gestaltens und Bastelns. Hausaufgaben wurden zu Hause mit den Eltern gemacht. Meine Eltern waren beide berufstätig. Aber einer war immer da, der uns darin unterstützte.

Durch meine Arbeit, durch meine Familie und all meine Interessen, denen ich sehr gerne nachgehe, passiert es heute freilich sehr selten, dass ich mich langweile.

Wissenschaftlich erwiesen ist allerdings, dass die Bevölkerung sich mehr und mehr über Besitz darstellt als durch die eigene Persönlichkeit. Es wäre schön, wenn wir es schaffen würden, unseren Kindern einerseits Geborgenheit und Liebe zu geben und andererseits ausreichend Freiraum und Angebot, um sich mental entwickeln zu können. Damit gäben wir ihnen wahre Größe für ihr Leben mit und eine Gefährdung wäre wohl weitestgehend von der Hand zu weisen. Schließlich ist es nicht so wichtig, was Dieser oder Jener von uns denkt oder spricht. Jeder Mensch, der uns in unserem Leben begegnet, sieht uns ohnehin anders. Für den Einen sind wir Verlierer, weil wir nicht reich sind. Für den Anderen sind wir naiv, weil wir ehrlich sind. Also ist es doch das Beste, bei sich selbst zu bleiben und vor sich selbst zu bestehen. Damit haben wir schon genug zu tun.

Ich stehe bei mir selbst in der Verantwortung und ich besitze, wie jeder Einzelne von uns, einen freien Willen. Neurowissenschaftlich ist dies nicht zu hundert Prozent nachgewiesen und auch die Philosophen streiten sich um dieses Thema, aber da geht es eigentlich darum, ob wir durch eine feinstoffliche Welt gesteuert werden. Den freien Willen, ob ich mich für die eine oder die andere Sache entscheide, habe ich allemal.

Nach meiner Scheidung hatte ich wirklich eine sehr schwere Zeit. Ich war desorientiert und wusste nicht recht, was ich jetzt anfangen sollte. Verschiedene Gedanken nahmen mich geradezu gefangen. Eine liebe Bekannte sagte mir dann etwas sehr Einfaches.

„Willst du das, was du jetzt fühlst, WIRKLICH?" Und sie bat mich drei Schritte nach rechts zu gehen. Ich hatte keine Ahnung, was sie mir damit sagen wollte, und tat es einfach.

„Was siehst du jetzt"?, fragte sie mich.

Ich sah natürlich ganz etwas anderes als drei Meter weiter links.

„Siehst du. Genau das wird passieren, wenn du jetzt etwas anderes tust und in eine andere Richtung gehst."

„Aber es ist ja nichts passiert", meinte ich.

„Stimmt. Es wird nichts Schlimmes passieren. Es kann dir gar nichts passieren, außer dass du eine andere Sicht der Dinge erhältst."

Ich bin ihr sehr dankbar dafür, denn es ist wirklich so. Wenn wir uns für einen anderen Weg entscheiden, passiert nichts, als dass sich für uns andere Dinge auftun, von denen wir bislang keine Ahnung hatten. Niemand kann das Leben des anderen leben und wenn Sie denken, dass Ihr Nachbar oder Ihr Kollege Ihr Leben lebt, haben Sie sich getäuscht. Auch wenn er Ihnen noch so viel Kritik oder Ratschläge entgegenbringt. Deshalb können Sie auch nur Ihre eigenen Entscheidungen treffen und leben. Sicher, ein anderer handelt in derselben Situation vielleicht anders. Aber es ist nicht gesagt, dass er es besser macht, denn jeder lebt seine eigene Realität und Realitäten gibt es ungefähr acht Milliarden, so viele wie Menschen auf der Erde. Also weg mit den Blockaden und trüben Gedanken. Dafür bietet unser Leben keinen Platz. Und weg mit all dem Ballast an wirtschaftlichen Gütern, von denen wir glauben, sie unbedingt zu brauchen. Was bringen uns schon zig Paar Schuhe, vielfache Ausführungen an Geschirr oder sonstigem Schnickschnack? Das versperrt lediglich den Blick auf das Wesentliche.

Suizide in Österreich

In Österreich gibt es eine eigene Forschung und erarbeitete Statistik zur Zahl der Suizide, die hier passieren. Wir haben demnach um fünfzig Prozent mehr Suizidtote als Verkehrstote. Das sollte uns bedenklich stimmen, da allein die Zahl der Verkehrstoten eine sehr hohe ist. Im Jahr 2012 wurde durch das Bundesministerium für Gesundheit in Zusammenarbeit mit der Suizidprävention Austria ein Suizidpräventionsplan erstellt, wodurch entsprechend informiert werden kann und wodurch auch entsprechende Aktivitäten zur Vermeidung von Selbstmorden gesetzt werden können. Suizide sind nicht von der Gesellschaftsschicht abhängig. Ich habe sie in adeligen Familien ebenso wie in der Arbeiterschicht gefunden. Offenbar ist der Erwerb einer entsprechenden Waffe in Österreich immer noch zu einfach. Die jährliche Anzahl der durch Selbstmord Verstorbenen wurde für das Jahr 2011 mit 1.286 Personen angegeben. Davon sind gut zwei Drittel Männer und nur ein Drittel Frauen. Dem gegenüber stehen rund sechzig Morde und einhundertunddreißig Gewaltdelikte mit tödlichem Ausgang.

Im europäischen Vergleich liegt Österreichs Suizidrate im mittleren Drittel. Eigentlich ist das für mich durchaus verwunderlich, weil ich der Meinung bin, dass es uns durchweg, quer durch alle Gesellschaftsschichten, gut geht, im Vergleich zu anderen Ländern. Vielleicht hängt es mit der Neigung zusammen, dass es dem Menschen, je besser es ihm wirtschaftlich und sozial geht, gefühlsmäßig umso schlechter geht. Das ist zwar unlogisch, aber diese Tendenz ist zu beobachten und anhand vieler

Lebensgeschichten zu erkennen. Ebenso, dass mit zunehmendem Alter die Gefahr, Selbstmord zu begehen, zunimmt. Der Mann sieht sich wohl nach wie vor als Kämpfer, aber Leiden steht nicht auf dem Programm. Wie man weiß, sind Frauen diesbezüglich zäher und zeigen meist mehr Durchhaltevermögen. Für eine Frau ist eine Veränderung im Leben eher zu ertragen und zu meistern als für einen Mann. Ihr ganzes Leben stellt sie sich schließlich auf Veränderungen ein. Wenn sie heiratet, wenn die Kinder kommen, wenn diese wieder aus dem Haus gehen und so weiter.

Frauen wählen meist den Tod durch Gift, hingegen greifen Männer eher zur Waffe oder wählen den Tod durch Erhängen. Eine weitere Art des Selbstmordes wählen Männer wie Frauen gleichermaßen, es ist das „Herabstürzen". Diese Art des Selbstmordes ruft nur selten einen Tatortreiniger an den Ort des Geschehens. Nur selten reinigen wir in solchen Fällen den Innenhof oder die Fassade des Gebäudes. Wenn Kinder im Spiel sind, ist es für mich besonders hart, denn mit den Eltern in einer derartigen Situation zu sprechen, ist fast unmöglich. Meist übernimmt die Beauftragung der Reinigung dann ein naher Verwandter.

Kinder werden stark durch die Medien, im Besonderen durch das Fernsehen, beeinflusst. Es scheint komplett normal zu sein, dass jemand erschossen wird. Auch viele Computerspiele sind so brutal, dass die Kids diese Brutalität in den Alltag mitnehmen. Kinder sind sehr leicht zu beeinflussen und leider finden auch sie immer häufiger den Zugang zu Drogen und Waffen. Es erschüttert mich, dass selbst Kinder den Tod durch Erschießen suchen. Als Gründe dafür wurden in Forschungsergebnissen unter anderem das Fehlen der Familienverbände und die Leistungsüberforderung in den Schulen genannt.

Wie ich vorangegangen bemerkte, plädiere ich für eine waffenfreie Bevölkerung. Waffen gehören nach meiner Meinung in geschulte Hände und zu Personen, die diese zur Ausübung ihrer beruflichen Tätigkeit benötigen. Nun wurde im Jahr 1997 das Waffengesetz bereits verschärft.

Aber die meisten Reinigungen von Selbstmord-Tatorten habe ich bei meiner Tätigkeit nach wie vor als Folge des Einsatzes von Schusswaffen.

Nachfolgend finden Sie eine Auflistung über unterstützende Institutionen in Österreich, die sich mit diesem Thema befassen und an die man sich auf jeden Fall vertrauensvoll wenden kann und sollte:

www.kriseninterventionszentrum.at
www.suizidforschung.at
www.suizidpraevention.at
www.roteskreuz.at
www.frauenhelpline.at
www.bundespolizei.gv.at
www.rataufdraht.orf.at
www.sorgentelefon.at
www.psychotherapie.at/psychotherapeutinnen
www.psd-wien.at
www.wien.gv.at

Niederösterreich:

www.telefonseelsorge.kirche.at
www.niederösterreich.hilfswerk.at
www.tulln.iknoe.at
www.psz.co.at
www.psychosozialer-dienst.at

Oberösterreich:

www.pmooe.at
www.suizidpraeventionooe.at
www.exitsozial.at

HYGIENE – WAS IST DAS?

Wir sind bei einem meiner Lieblingsthemen angelangt. Die Hygiene. Was verstehen Sie darunter, wenn Sie dieses Wort hören? Das tägliche Duschen, Zähneputzen, Wäschewaschen und so weiter wahrscheinlich. Das ist sehr richtig, nur gibt es dazu weit mehr zu berichten als nur das. Unsere heutige Hygiene hat eine Geschichte, die auch sehr spannend und interessant ist. Und dennoch ist es äußerst verwunderlich, dass der Hygienestandard in der Bevölkerung rückläufig ist. Einer Umfrage zufolge wechselt ein österreichischer Bürger im Schnitt einmal im Monat die Bettwäsche. Auch die Körperpflege und die Pflege der täglichen Gebrauchsgegenstände nehmen ab. Wenn man sich in der Zeitgeschichte umsieht, so hat es immer wieder Hochkulturen gegeben, die auf unerklärliche Weise wieder verschwanden. Die Römer wussten sehr viel über Hygiene. Ebenso die Ägypter, wo nachweislich Operationen durchgeführt wurden und der Patient dies noch Jahre überlebte. Warum es hier zu einem Rückschritt kam, ist geschichtlich nicht festgehalten. Eine Wende gab es im Mittelalter. Sämtliche Geschäfte der Notdurft wurden auf der Straße verrichtet. Abfälle wurden ebenfalls in Rinnen oder direkt auf die Straße gekippt. Wenn man bedenkt, dass Tier und Mensch darin herumliefen, ist der Gedanke an Epidemien nicht mehr allzu fern.

Wenn man bedenkt, dass das Römische Reich von 753 v. Chr. bis 509 n. Chr. gerechnet wird und das Mittelalter vom 6. Jahrhundert bis ins 15. Jahrhundert nach Christus reicht. Irgendetwas ist da passiert, dass die Menschen plötzlich auf Hygiene und ihren Nutzen vergessen haben. Es war durch den römischen Arzt Marcus Terentius Varro bekannt, dass Krankheiten nicht durch den Verwesungsgeruch, sondern durch Mikroorganismen hervorgerufen werden. So wurden infizierte Menschen in Quarantäne versetzt, wodurch die Ansteckungsgefahr sank. Und dann geschah eben im sechsten Jahrhundert nach Christus das Unglaubliche. Hygiene wurde sehr klein geschrieben. In besseren Kreisen sogar verpönt. Die Folge waren Seuchen, Infektionen, Läuse, Flöhe, Krätze und andere Krankheiten. Dieses Verhalten hielt sich bis in die Anfänge des neunzehnten Jahrhunderts. Abgesehen von der fehlenden Sauberkeit fehlte jedes Wissen über Desinfektion. Die Instrumente von Ärzten und Chirurgen wurden nur abgespült, aber vor dem Gebrauch nicht richtig gereinigt. Das zog eine Lawine von Blutvergiftungen und Wundstarrkrampf nach sich. Die Frauensterblichkeit bei der Geburt in Krankenhäusern war so hoch, dass eine wahre Hysterie ausbrach. Hebammen standen gegen Ärzte. Was das bedeutete, kann man sich heute noch lebhaft vorstellen. Schließlich hatten die „Götter in Weiß" auf jeden Fall recht mit ihrer Behandlungsmethode. Es führte aber auch zu einem Anstieg an Hausgeburten. Hebammen wurden regelrecht verfolgt. Sie hatten aber die Natur auf ihrer Seite, denn in den Häusern konnte sich, außer dem häuslichen, kein Mikrokosmos eines anderen Patienten übertragen. Hebammen werden seit jeher auch in Körperpflege und Reinlichkeit unterrichtet.

Also beschreibt Hygiene die Lehre der Verhütung von Krankheiten und der Erhaltung von Gesundheit. Wie bei allem, was uns Menschen bewegt, hat auch die Hygiene nicht vor

der Kunst Halt gemacht. Man denke nur an Gustav Klimts
„Hygieia". Der Name ist abgeleitet vom griechischen Namen
der Göttin der Gesundheit.

Aus dem Beruf des Tatortreinigers ist das Thema der Erhaltung
der Hygiene für mich besonders wichtig. Und wie ich schon
erwähnte, handelt es sich um ein besonders breites Interessens-
gebiet, mit dem man sich befasst, um sämtliche Abläufe um
und an einem Tatort zu verstehen.

In der Zeit der hohen Kindersterblich-
keit trat der bis heute berühmte Arzt,
Ignaz Semmelweis, in das Geschehen
ein. Er lebte von 1818-1865 und war
ein junger, engagierter Arzt
Hier ein kurzes Zitat aus seinem Tage-
buch, im Juli 1846:
„Nächste Woche trete ich meine Stelle
als 'Herr Doktor' auf der ersten Station
der Entbindungsklinik im Allgemeinen Krankenhaus von Wien
an. Ich war entsetzt, als ich vom Prozentsatz der Patienten
hörte, die in dieser Klinik sterben. In diesem Monat starben
dort sage und schreibe 36 von 208 Müttern, alle an Kindbett-
fieber. Ein Kind zur Welt bringen ist genauso gefährlich wie
eine Lungenentzündung ersten Grades."

Ignaz Semmelweis glaubte noch an die Ansteckung durch das
Leichengift. Wobei er einer der ersten Mediziner war, die sich
überhaupt Gedanken machten über das Sterben der Gebären-
den. Ärzte wuschen sich damals, wenn überhaupt, die Hände

mit Parfum oder Lotionen. Das kostete vielen Frauen bei der Geburt ihres Kindes das Leben. Durch einen Zufall erkannte er, dass das Waschen und Desinfizieren der Hände die Sterblichkeitsrate erheblich senkte. Ein Kollege schnitt sich mit einem ungereinigten Skalpell in den Finger und verstarb kurze Zeit darauf an einer Blutvergiftung. Der Vergleich mit der Arbeit der Hebammen festigte seinen Verdacht, dass die Übertragung von Mikroorganismen an der Sterblichkeit schuld ist. Chlorkalk schien die Lösung der Probleme zu bringen, aber bei Medizinern wie Studenten stieß Semmelweis damit auf Unverständnis und Abwehr. Man wollte nicht zugeben, dass man selbst diese Krankheiten überträgt. Schließlich war und ist es Aufgabe von Ärzten, zu heilen, da war eine infektiöse Übertragung natürlich störend für Ruhm und Ansehen.

Ein weiteres „Urgestein" und Begründer der heutigen Hygiene war Max von Pettenkofer. Nach Semmelweis stellte er im Jahre 1865 fest, dass es besser sei, Krankheiten am Entstehen zu hindern als sie zu heilen.

„Die Kunst zu heilen kann viele Leiden lindern, doch schöner ist die Kunst, die es versteht, die Krankheit am Entstehen schon zu hindern." 1. Lehrstuhl für Hygiene (Deutschland 1865).

Das ist nun der hauptsächliche Grund, warum es Tatortreiniger gibt und sich dieser Beruf hoffentlich qualitätsgesichert weiter ausbreitet.

Was hat es denn nun auf sich mit diesem „Leichengift"?

Nachdem auch in den Medien Tatortreiniger von der Gefahr des Leichengiftes sprechen, was mich ärgert, denn die sollten es doch besser wissen, möchte ich hier dieses Geheimnis lüften.

Der Begriff Leichengift stammt noch aus der Zeit, als nicht viel bekannt war über den Zersetzungsprozess und die mikrobiologischen Vorgänge dabei. Zu jener Zeit basierte die Diagnostik unter anderem auf dem Geruch. Man ging damals davon aus, ähnlich wie bei Verdorbenem, dass übler Geruch gleichzusetzen ist mit Gift und Krankheit.

Heutzutage weiß man, dass Leichen grundsätzlich ungiftig sind. Durch den Fäulnisprozess entstehen Toxine als Abbauprodukte der Eiweiße. Der bloße Kontakt mit diesen Abbauprodukten stellt keine Gefahr für die Gesundheit dar. Gesundheitsgefährdend wäre das Aufbringen auf die Schleimhäute sprich Schmierinfektionen oder Eindringen an Schnittverletzungen etc. in den Körper. Gefahr stellen allerdings Bakterientoxine und mikrobielle Infektionen dar. So besteht Ansteckungsgefahr durch Viren wie HIV oder Hepatitis, einer Sepsis oder lang überlebender Krankheitserreger.

Grundsätzlich ist zu sagen, dass man im Kontakt mit Leichen oder deren Rückständen Schutzkleidung tragen soll, da nie auszuschließen ist, dass man eine Wunde hat.

Ebenfalls sollte diese Schutzkleidung ordentlich entsorgt werden! Also nicht im eigenen Hausmüll oder dem des Nachbarn. Seuchen und Epidemien haben sich genau so immer wieder verbreitet und das gilt es zu vermeiden.

Allgemeine Infektionslehre ist ein weiterer Bestandteil der Ausbildung zum Desinfektor.

Wovon ist es denn nun abhängig, ob jemand erkrankt oder nicht? Schließlich bekommt ja auch nicht jeder Mensch Scharlach oder Masern.

Abhängig ist es von der Art des Erregers und seiner pathogenen (also krankmachenden) Wirkung. Neben der Empfänglichkeit, die erblich bedingt ist, entscheidet die Disposition, also Stress oder Immunabwehrschwäche, darüber, ob man eine Krankheit bekommt oder nicht. Auch das Alter spielt eine Rolle und so sind ältere Personen meist anfälliger, Infekte aufzunehmen, als jüngere.

Die Übertragungswege von Infektionen wären in meinem Fall Blut, Stuhl, Harn, Sputum, Gehirnflüssigkeit. An einem Tatort findet man immer mindestens zwei Komponenten vor. Ich möchte hier auch nochmals unterstreichen, wie wichtig es ist, einen Tatort von professioneller Hand reinigen zu lassen, denn man unterscheidet zwischen Keimträger und Dauerausscheidern.

Keimträger sind Personen, die, ohne selbst krank gewesen zu sein, Krankheitserreger ausscheiden. Unter einem Dauerausscheider versteht man Personen, die nach einer Krankheit zwar gesund sind, aber weiterhin Infektionserreger ausscheiden. Beide Fälle sind bei Leichen möglich, da wir bei unserem Eintreffen nicht verifizieren können, ob und welche Keime der Verstorbene in sich trägt. Auch ein Angehöriger kann uns nicht garantieren, dass der Verstorbene weder Keimträger noch Dauerausscheider war. In jedem Fall stellt der sich bildende Mikroorganismus eine gewisse Gefahr dar. Niemand kann mit Gewissheit sagen, ob er nicht kleinste Verletzungen in der Haut hat. Mikroorganismen suchen sich die kleinsten Pforten, um in den Körper einzudringen. Auch über die Schleimhäute kann dies passieren oder bei Pilzen können Sporen über Aerosole aufgenommen werden. Das heißt, man atmet sie ein. Es ist mir schon passiert und somit weiß ich, wovon ich erzähle. Ich hatte mir von einem Tatort einen Pilz verschleppt, der sich sehr nachhaltig in meinem Mund angesiedelt hatte. Ich brauchte zwei Monate, bis ich wieder vollends gesund war, und es war überaus schmerzhaft. In dieser Zeit war es mir nicht möglich, feste Nahrung zu mir zu nehmen.

Bei Leichenfunden generell können durch Schnitt- und Stich-verletzungen (Spritzen bei Suchtkranken etc.) oder über Parasi-ten, wie zum Beispiel Milben, Krankheitserreger vom Toten in das Blut von Lebenden geraten.

Manche Mikroorganismen überleben den Tod ihres „Wirts" nur wenige Stunden, wie z.B. der HI-Virus (AIDS).

Der Milzbranderreger bleibt über Jahrzehnte im oder am Verstorbenen gefährlich. Der eine oder andere Fall wurde in unseren nahen Nachbarländern vor nicht allzu langer Zeit beobachtet. Tuberkulose-Bakterien „warten" hingegen mehrere Jahre auf neue Opfer und haben eine ausgeklügelte Überlebens-strategie. Am häufigsten kommen jedoch Hepatitis-B-Viren vor. Sie sind bis zu achtzig Tage nach dem Tod ansteckend. Durch Verwesungsprozesse kommen in jedem Fall Fäulnisbakterien und Schimmelpilze hinzu. Auch wenn für den einen oder an-deren Bewerber um eine Tätigkeit in der Tatortreinigung diese auf den ersten Blick spannend erscheint, so sollte er all diese Aspekte nicht außer Acht lassen.

Wo wir bei dem Begriff Schmierinfektion angelangt wären. Darunter versteht man weitestgehend das „Vertragen" von Keimen und Infektionen. Um eine Schmierinfektion zu vermeiden, ist Desinfektion dringend notwendig. Das ist ungefähr so zu verstehen, als würde sich Ihr Kollege, kurz bevor er Ihnen die Hand gibt, in die Hand niesen und sich nicht die Hände waschen. So hat er seine Bakterien und Viren an Sie weitergegeben. Sie wiederum fassen ans Telefon, das kurz darauf von Ihrer Kollegin benutzt wird. Nehmen wir an, deren Immunabwehr ist stressbedingt geschwächt, sodass sie daraufhin erkranken wird.

Es gibt infizierte Menschen, die keine Symptome einer Krankheit zeigen. Sie scheiden das infektiöse Virus circa acht Wochen über Sputum, Stuhl oder Harn aus und stellen so eine Gefahr für andere dar. Bei mangelnder Hygiene sind die Verbreitungsmöglichkeiten endlos.

Durch eine derartige Verbreitung können Bakterien und Viren sogar ins eigene Badewasser geraten und damit in die allgemeine Kanalisation.

Sie haften an Arbeitsgeräten, Türklinken, Telefonen, geraten an Obst und Salat, können Geschirr, das gemeinsam benutzt wird, verseuchen und so weiter. Das ist wirklich keine Panikmache und ich weise Sie ausdrücklich darauf hin, dass Sie jetzt nicht alles klinisch reinhalten müssen. Das ist sogar schädlich. Aber wenn es um Sonderfälle geht wie Leichenfundorte, infektiöse Flüssigkeiten und so weiter, weiß ein ausgebildeter Tatortreiniger einfach besser Bescheid, wie er damit umgehen muss.

Die Infektionswege verlaufen von Mensch zu Mensch und von Gegenständen zu Mensch. Die Aufnahme der Keime passiert über die Haut bei Hautkontakt und Hautverletzungen und durch das Einatmen über die kontaminierte Luft.

Sollte es sich jemand nun doch nicht nehmen lassen, eine solche Reinigung durchzuführen, so sei ihm gesagt, dass keine normalen Haushaltsreiniger zu verwenden sind, Handschuhe und Atemschutzmasken nicht liegengelassen werden dürfen. Andere, nachfolgende Personen könnten sich unter Umständen damit infizieren.

Gegenstände dürfen nicht mit kontaminierten Handschuhen berührt werden, Damen und Herren mit langem Haar müssen die Haare zusammenbinden, um die Aufnahme von Mikroorganismen zu vermeiden. Den Herren sei noch gesagt, dass ein längerer Bart zwar sicher schmückt, aber wenn Sie diesen Beruf ausüben möchten, muss dieser auf jeden Fall gestutzt werden. Nicht nur, dass Sie damit ebenfalls Mikroorganismen aufnehmen können – das Tragen der unterschiedlichen Masken ist mit Bart unmöglich. Diese würden nicht dicht abschließen und das wäre zum Beispiel bei der Arbeit mit Ozon verhängnisvoll und höchst gesundheitsgefährdend.

Ich weiß, dass es unglaublich schwer ist – es ist auch eine Schwäche von mir –, besonders bei Hitze und den dichten Schutzanzügen, sich nicht mit den Handschuhen über Haare oder Stirn zu streichen.

Ausschläge, die man sich auf diese Art und Weise zuzieht, sind sehr hartnäckig.

Also womit wird jetzt gereinigt?

Gereinigt wird mit Tensiden. Sie heben den Schmutz von der Oberfläche. So lässt er sich in der Folge durch Wasser gut abtransportieren. Das älteste bekannte Tensid kennt jeder von Ihnen: Seife.

Ich habe für Sie ein altes Seifenrezept gefunden, wie es unsere Urgroßmütter gebraut haben.

Man nehme:

1 Kilo Soda, 1 Kilo gelöschten Kalk, 7 Liter Regenwasser, eine Stunde kochen, dann in ein Holzgefäß geben und über Nacht stehen lassen. Die sich absondernde Lauge am nächsten Tage vorsichtig abseihen, in einen Topf geben und kochen. Wenn das Gemisch zu kochen beginnt, fügt man 1 Kilo Fett dazu, nach einer weiteren halben Stunde Kochzeit werden 1 Esslöffel Pech und 2 Esslöffel Salz untergerührt. Man lässt diese „Suppe" zwei Stunden kochen und muss fortwährend umrühren. Fertig ist die Seife. Auch aus Knochenmehl wurde Seife hergestellt. Das stank bestialisch in der Herstellung, war aber ebenso gut reinigend, wie die Seife aus unserem Rezept.

Freilich haben wir es da heute leichter. Ich glaube, wenn die Herstellung von Waschutensilien für uns heute ebenso schwierig und aufwändig wäre, würde unser Hygienestandard rasch sinken.

Wo ich gerade bei der Hygiene und deren Formen bin, möchte ich Sie gerne auch darauf aufmerksam machen, dass es noch einige Grundbereiche mehr gibt. Man unterscheidet zwischen Umwelthygiene, Sozialhygiene, Psychohygiene und der Hygiene in der reinigenden Form zur Erhaltung der Gesundheit. Aber jede dieser Hygieneformen hat ihre ganz eigene Aufgabe. Die Umwelthygiene dient zur Abwehr von Schäden aus der natürlichen Umwelt. Sozialhygiene sorgt für die Abwehr von Schäden aus der sozialen Umwelt und die Psychohygiene ist zuständig für das seelische Wohlbefinden. Sie sehen also, dass in dem Wort Hygiene mehr steckt als nur das Waschen und Putzen.

Wenden wir uns aber wieder der Tatortreinigung beziehungsweise der notwendigen Hygiene zu. Durch die gründliche Reinigung von kontaminierten Oberflächen ist eine Keimreduktion von über sechzig Prozent möglich.

Eine gute Neutralisierung nach der Reinigung ist die Grundvoraussetzung für die erfolgreiche nachfolgende Desinfektion. Passiert ein Fehler in der Reinigung oder in der Neutralisation, stellt sich das Problem eines Seifenfehlers und die Desinfektion kann nicht wirksam durchgeführt werden. Bei der Reinigung von Blut und Gewebsteilen haben wir es immer mit Fetten und Eiweißen zu tun. Beides muss ebenfalls vor der Desinfektion gründlich entfernt werden, da ansonsten keine Desinfektion durchgeführt werden kann.

Das Problem, das dahinter steht, ist, dass mit der Reinigung der sichtbare Schmutz entfernt wird und erst später mit der Desinfektion die Keime und Krankheitserreger. Krankheitserreger sind nicht sichtbar.

Bei meinen Vorträgen in der Spurensicherung über Hygiene am Tatort wurde das oft belächelt und es wurde auch teilweise der Standpunkt vertreten, dass man das ja schon immer so gemacht habe und nichts passiert sei. Erstens, wer will das mit hundertprozentiger Sicherheit sagen, denn man muss ja nicht selbst erkranken, und zweitens, auch wenn man jahrhundertelang Fäkalien und Schlachtreste in die Gosse gekippt hat, ist man nach heutigem Wissen doch der Meinung, dass dies nicht der richtige Weg ist.

Also, auch wenn man etwas nicht mehr sieht, zum Beispiel Blutbestandteile, kann es dennoch da sein. Das, was sichtbar ist, ist der rote Blutfarbstoff Hämoglobin. Eiweiß ist aber nicht mehr sichtbar und bei einer Reinigung meist sehr hartnäckig. Im Speziellen bemerkt man das Problem der Entfernung von Körperrückständen nach einem Schuss in den Schädel. Da heißt es Wände reinigen und desinfizieren.

Zur Veranschaulichung der pathogenen Wirkung von Mikroorganismen habe ich in den Seminaren hierfür den Zeichentrickfilm „Das Zauberduell" von Walt Disney mit Merlin und Madame Mim gezeigt. Auf unerklärliche Weise verstand man dann, was ich meinte. Es war aber auch immer wieder eine nette Auflockerung eines harten Seminartages.

Warum Tatortreiniger bessere Reiniger sind

Aus hygienischen Gründen benutzen wir fast ausschließlich Tücher und Reinigungsutensilien einmalig und entsorgen sie dann mit den anderen kontaminierten Materialien. Jede andere Vorgehensweise halte ich für fahrlässig. Viele Krankheitserreger überleben im Blut längere Zeit. Durch die Öffnung der Ostgrenzen und die vermehrte Zuwanderung kann man nicht ausschließen, dass auch bei uns ausgerottete Krankheiten wieder einen Wirt finden. Wogegen wir uns auf jeden Fall schützen müssen, sind Hepatitis A und B, Typhus, HIV und eine Sepsis, die man sich durch Schnittwunden zuziehen kann.

Es handelt sich niemals um „schöne Tode", mit denen sich ein Tatortreiniger befasst. Die Folgen jedes dieser Tode sind fatal. Fatal für die Hinterbliebenen, für Hausverwaltungen und jede Person, die damit beruflich oder zufällig in Kontakt tritt. Ständige Begleiter sind Blutlachen, Fäkalien und beißender Gestank, das erfordert bei unserer Tätigkeit eine wesentlich erhöhte Ekelgrenze.

In unseren Arbeitsalltag passen weder Nadelstreifenanzug noch Aktenkoffer.

Bei der Schädlingsbekämpfung kommt man sich manchmal vor wie Don Quichotte, der gegen Windmühlen kämpfte. Es lassen sich manchmal nicht alle Insekten erfassen. Manche stehen noch im Puppenstadium und schlüpfen erst später aus. Bei sehr stark durch Insekten kontaminierten Leichenfundorten stellt das ein Problem dar. Das bedeutet wiederum, dass ein gewisses Durchhaltevermögen, Weitblick, Kraft, Schwindelfreiheit, Hausverstand und Kreativität ein Muss an mitgebrachten Eigenschaften ist. Der Beruf des Tatortreinigers ist in Österreich noch nicht etabliert. Es werden kaum oder gar keine Schulungen angeboten, wo sich angehende Reiniger mit diesem Thema auseinandersetzen können. Der erste Kontakt mit dem Tod passiert immer beim ersten Auftrag, da trennt sich die Spreu vom Weizen. Nicht jeder junge Erwachsene ist in der Lage, so oft dem Tod zu begegnen.

Also stellt sich die Frage vorweg: „Ist die Person so nervenstark, alle Eindrücke immer wieder verarbeiten zu können?"

Einen erfahrenen Tatortreiniger bringt kaum ein Anblick aus der Ruhe. Und genau das schätzen unter anderem die Kunden an uns. Unterschiedlich oft wird man an einen Leichenfundort gerufen und nie weiß man im Vorhinein, wann. Das schließt natürlich eine gewisse Planbarkeit aus und die Flexibilität des Reinigers ein. Nach der Erfassung des zu reinigenden Fundortes beginnt die Sisyphus-Arbeit. Jeder noch so kleine Winkel wird nach Spuren abgesucht. Schädlingsbekämpfung, Grobreinigung, Neutralisierung, Feinreinigung, Neutralisierung und abschließende Desinfektion sind der normale, wiederkehrende Ablauf einer Tatortreinigung. Dabei wird stets auf den Schutz der eigenen Gesundheit geachtet, aber auch auf die Gesundheit der Angehörigen des Toten, die oft durch Unwissenheit sehr wertbefreit mit den Überresten des Verstorbenen umgehen. Schutzbekleidung der richtigen Klasse ist unumgänglich. So sollte der Schutzanzug säurebeständig, jedoch atmungsaktiv sein. Eine Herausforderung für Lieferanten. Es genügt nicht, der Optik halber einen Schutzanzug zu tragen, der sämtliche Flüssigkeit durchlässt, sobald man sich einmal hinkniet.

Auch die Atemschutzmaske und die einfache Partikelmaske sind für den Reiniger unumgängliche Begleiter. Kann man das Potpourri der Gerüche ertragen, so reicht eine einfachere Partikelmaske zum Schutz vor Mikroorganismen und daraus resultierenden Infektionen aus. Blut aufzuwischen, das kann jemand bald. So höre ich es zumindest des Öfteren. Jedoch fehlen hier jegliche Fachkenntnisse, denn meist wird nur oberflächlich das Blut mit seinem roten Farbstoff, dem Hämoglobin, weggewischt. Die nicht sichtbaren Bestandteile des Blutes bleiben bestehen und somit auch teilweise die darin enthaltenen Mikroorganismen. Und eben das stellt das Problem einer nicht fachgerechten Reinigung dar.

Die Reinigung von Leichenfundorten steckt in Österreich noch in den Kinderschuhen. Aber das Kind kann noch nicht gehen. Auch rechtlich gesehen steckt dieses Segment in einer gewissen Grauzone und in den Kinderschuhen.

Staatlich geprüfter Gebäudereinigungs-Desinfektor oder Billigputztrupp

Es gibt in Österreich zurzeit die Tendenz, dass Reinigungsunternehmen und sogar Versicherungsmakler ein riesiges Geschäft in der Tatortreinigung wittern. Nicht zuletzt, da unser Unternehmen durch das große Interesse der Medien und unser eigenes Marketing an Bekanntheit gewinnt. Einerseits ein Gebäudereinigungs-Meisterbetrieb und andererseits ein geprüfter Desinfektor kennen sich mit der Reinigung und der Mikrobiologie derartiger Fundorte bestens aus. Nur dies befähigt in Österreich ein Unternehmen, Leichenfundorte zu reinigen. So gibt es den kleinen und den großen Gewerbeschein des Gebäudereinigers. Der kleine Gewerbeschein befähigt lediglich zu Reinigung von Stiegenhäusern, sprich Hausbetreuung. Unschwer zu erkennen, dass man da nicht viel mit Mikrobiologie und Seuchenschutz am Hut haben muss. Und es ist absolut begründet, dass man immer wieder weitere Ausbildungen und Auffrischungen besuchen muss. Ich besuche Vorträge der Spurensicherung ebenso wie der Gerichtsmedizin und da sammelt man schon sehr viele Erkenntnisse, die sonst verborgen blieben. Umso mehr verwundert es mich, zu hören und in den Medien zu sehen, wer da eine Tatortreinigung durchführen möchte und teilweise auch durchführt. Zum Glück halten sich all diese Trittbrettfahrer nicht lange auf dem Markt, weil ihnen einfach neben der Pietät und der Nachhaltigkeit das Knowhow fehlt. Interessant sind auch Anrufe von Hausmeistern und Personen, die von mir wissen möchten, wie man denn nun Tatortreinigung macht. Sie hätten ja keine Ahnung, wie das vor sich ginge, würden aber wirklich gerne auch Tatortreinigung durchführen. Offensichtlich stellen viele sich das sehr einfach vor. Erstens sage ich dazu, dass kein Koch sein Rezept verrät. Das sollte jedem verständlich sein. Zweitens war das, was ich mir erarbeitet habe, mit viel Aufwand und Mühe verbunden, und die Ausbildung zum Desinfektor ist ohnehin unumgänglich. Jeden Tatort mit eigenen Händen zu reinigen, verschafft so viel mehr Erfahrung als hinter einem Schreibtisch zu sitzen und von irgendeinem Mitarbeiter spannende Reinigungsgeschichten zu hören, um diese dann mit dem O-Ton der Überzeugung über die Medien verlauten zu lassen. Mein Aufruf an alle, die Tatortreiniger werden wollen: Zuerst die entsprechende Ausbildung machen und dann, wenn die entsprechende Befähigung für die Reinigung von Leichenfunden vorliegt, sich langsam in die Thematik einarbeiten. Das dauert lange und ist auf keinen Fall über Nacht erledigt. Oder man begeht meinen Weg, hat ausreichend Erfahrung in der Reinigungsbranche, befasst sich intensiv mit der Reinigung starker Verschmutzungen und arbeitet sich sukzessive in die Thematik ein. Beide Wege sind sehr anspruchsvoll und in beiden Fällen steht das Interesse an der Thematik an erster Stelle.

Auch die richtigen Reinigungsmittel zu finden ist nicht leicht und bedarf eines Forschergeistes. Angeboten wird viel, aber es passt nur wenig.

Als Desinfektor weiß man, wie und in welcher Reihenfolge etwas zu reinigen ist. Die Ausbildung bringt mit sich, dass man um die Gefahren für sich und andere an einem Tatort weiß und ebenso die Gefahr von Schmierinfektionen kennt. Die findet sich auch in Wohnräumen, in denen kein Leichenfund gewesen sein muss. Auch lebende Personen, deren Hygiene zu wünschen übrig lässt, sind Quellen, die Seuchen verbreiten können. Auch wenn jemand an einer Viruserkrankung leidet oder litt, dazu zählen zum Beispiel verschiedene Grippearten, ist das Wissen eines fachlich kompetenten Desinfektors gefragt. Hierfür gibt es Richtlinien und Vorschriften. Wenn ich höre, dass jemand mit einem Sprühdesinfektionsmittel auf zuvor mit Geschirrspülmittel gereinigte Oberflächen geht, stellt es mir die Nackenhaare auf. Das darf doch nicht wahr sein. Abgesehen davon besteht zum einen bei Sprühdesinfektionsmittel Explosionsgefahr und zum anderen entwickelt das Desinfektionsmittel nicht seine volle Wirkung, weil es sich zum Teil verflüchtigt und man es nicht gezielt aufbringen kann. Außerdem ist es der Gesundheit nicht zuträglich, wenn wir unsere Reinigungsmittel einatmen. Sicher, Fachpersonal trägt Schutzmasken, aber Fachpersonal desinfiziert auch nicht derart dilettantisch. Mein Appell daher an Sie, die Sie dieses Buch in Händen halten: Besser genau nach der Ausbildung und der Befähigung fragen, bevor eine Tatortreinigung beauftragt wird. Schließlich macht man das ja nicht aus Spaß an der Freude, sondern es handelt sich hier um eine ernsthafte Sache, die das Ziel hat, die Gesundheit zu schützen und die Risiken einzugrenzen; außerdem vertrete ich die Meinung: Lieber einmal und richtig, als später Schadensbegrenzung machen zu müssen.

Ich werde reich mit Tatortreinigung

Von den Medien werde ich häufig gefragt, ob man mit Tatortreinigung reich werden würde. Vorrangig ist es ein harter Knochenjob, so wie es in „Rokko's Adventures Magazin" beschrieben wurde: „Als Tatortreiniger braucht man nicht nur einen Saumagen und viel Putzmittel, sondern auch die nötigen Kenntnisse und das richtige Werkzeug."

Ob man etwas ertragen kann oder nicht, ist allein schon ausschlaggebend dafür, ob man diese Arbeit nachhaltig durchführen kann. Und da scheiden sich bereits die Geister. Es gibt Stundensätze und die Materialien, die zur Reinigung nötig sind, sind sehr kostspielig. Die Angst und Unwissenheit anderer Menschen auszunützen, macht ebenfalls nicht reich, sondern wirft auf das Unternehmen nur ein unseriöses Licht. Und auch in diesem Fall wird das Unternehmen bald wieder verschwunden sein. Wir rechnen unsere Einsätze immer nach tatsächlichem Aufwand ab. Das kann der Kunde kontrollieren und ist für ihn nachvollziehbar. Die meisten unserer Reinigungsutensilien werden nur einmalig benutzt und unsere Arbeit ist reine Handarbeit. Firmen, die an einer Wohnung überdurchschnittlich lang herumreinigen, desinfizieren und mit riesigen Maschinen oder sogar einem Kärcher auftauchen, um Rückstände von den Wänden zu spritzen, halte ich für gefährlich. Nämlich gefährlich für uns alle. Sie sind diejenigen, die aus Profitgründen Infektionen vertragen und unter Umständen bis in unsere Kanalisation verteilen. Wo wir bei einem weiteren Thema wären. Verstirbt jemand in der Badewanne, so ist das darin befindliche

Wasser nicht einfach dem Abfluss zu übergeben. So verbreitet man am schnellsten und effektivsten Schmierinfektionen. Ich möchte gerne von dem „Reiniger" wissen, wie er den Abfluss nun reinigt und desinfiziert. Das Wasser ist abzuschöpfen und entsprechend zu entsorgen. Nicht einmal abzupumpen, denn wie sollte man die Tauchpumpe wiederum reinigen und desinfizieren? Also sind wir wieder bei der Handarbeit, die dieser Art Reinigung ihren Preis verschafft. Das Problem liegt aber auch bei den Hinterbliebenen. Sie alle stehen unter Schock in einer Ausnahmesituation und sind froh, dass nun jemand da ist, der ihnen hilft. Sie sind so voller Vertrauen, dass sie nicht auf die Idee kämen, dass sie betrogen und an der Nase herumgeführt werden könnten. Außerdem ist natürlich niemand seines Geldes Feind. Das verärgert mich immer wieder. Aber leider hat man nicht viel Handhabe gegen derartige Vorgehensweisen. Auf solche Art kann man natürlich, und wenn auch nur für kurze Zeit, einen höheren Profit lukrieren.

Oft werde ich schon am Telefon gefragt, was denn eine Tatortreinigung kosten kann. Ich kann nur anbieten, dass ich mir den Tatort vorab ansehe und eine Kostenschätzung mache. Es wäre unseriös, die Kosten vorab schon konkret zu nennen, weil man nie etwas über all das sagen kann, was erst bei der Besichtigung zum Vorschein kommt. Der durchtränkte Boden zum Beispiel oder die Mauer, die die Flüssigkeit aufgenommen hat. Wenn also jemand einen Preis am Telefon abgibt, darf es sich nur um eine Kostenschätzung handeln, wenn überhaupt. Um nun nach all dem auf die Frage zurückzukommen, ob man als Tatortreiniger reich würde: Es gibt den Beruf des Tatortreinigers bereits in Amerika als anerkannten, erlernbaren Beruf. Dort herrschen Stundensätze zwischen fünfhundert und achthundert Euro. Davon sind wir im europäischen Raum weit entfernt und um ganz ehrlich zu sein – ich kann mir nicht vorstellen, was einen derartigen Stundensatz rechtfertigt. Sicher, es ist ein schwerer und anspruchsvoller Job, aber unser Verdienst ist der Arbeit angemessen. Die Frage nach dem Preis einer Tatortreinigung kann ich nur mit der Spannweite von dreihundert bis zehntausend Euro beantworten. Je nach Befall und Aufwand. Besonders rührend fand ich die Anfrage einer alten Frau, die mich darum gebeten hat, dass sie die fünfhundert Euro in zwei Raten bezahlen darf. Natürlich lasse ich das zu.

VON BEZIRKSHAUPTMANNSCHAFT BIS GERICHTSMEDIZIN

Rechtsgrundlagen und Auszüge aus dem Gesetzestext
In Wien gibt es die Reinhalteverordnung, die genau festlegt, wer, wie und wo was zu reinigen oder zu unterlassen hat. Der Magistrat ist hier als Gesundheitsbehörde berechtigt gegen Missstände vorzugehen, beziehungsweise deren Beseitigung an Stelle des Eigentümers zu beauftragen. In Rechnung gestellt wird dies dem Eigentümer respektive dem Nutzer der Wohnung oder des Grundstückes. Hier ein Auszug aus I 420-000 - Reinhalteverordnung 2008:

Reinhaltung von im Privateigentum stehenden Gebäuden, Höfen und Grundstücken
§4 Das Innere von im Privateigentum stehenden Gebäuden, dessen Benützung auf Grund eines Privatrechtes bestimmten Personen vorbehalten bleibt und das anderen Hausbewohnern oder hausfremden Personen nicht frei zugänglich ist (insbesondere Wohnungen, dazugehörige sanitäre Anlagen und Kellerabteile), muss so reingehalten werden, dass dadurch die Art und das Ausmaß der Benützung weder ein die Sicherheit oder Gesundheit von Menschen gefährdender Missstand, noch eine unzumutbare Belästigung der Nachbarschaft (zum Beispiel durch üblen Geruch oder Ausbreitung von Ungeziefer) entsteht.
§7 (1) Übelstände im Sinne des § 4-6 hat der Eigentümer des Gebäudes, außerhalb von Gebäuden der Grundeigentümer, im Falle einer Verpachtung, Vermietung oder sonstigen Überlassung zur

Nutzung jedoch der Pächter, Mieter oder Nutzungsberechtigte, ohne unnötigen Aufschub zu beseitigen.

(2) Diese Verpflichtung trifft den Stellvertreter (Verwalter des Gebäudes oder Grundstückes) an Stelle des Eigentümers (Miteigentümers), wenn der Übelstand ohne Veranlassung und Vorwissen des Eigentümers besteht. Der Eigentümer ist neben dem Stellvertreter verantwortlich, wenn er es bei dessen Auswahl oder Aufsicht an der nötigen Sorgfalt fehlen lässt.

Behördliche Aufträge und Anordnungen

§9 Wird der Verpflichtung zur Beseitigung eines Übelstandes im Sinne der §§4 bis 8 nicht entsprochen, hat der Magistrat aus öffentlichen Rücksichten, unbeschadet zivilrechtlicher Ersatzansprüche und verwaltungsstrafrechtlicher Verantwortlichkeit, dem Eigentümer des Gebäudes oder der Grundfläche mit Bescheid die Beseitigung des Übelstandes aufzutragen. Im Falle einer Verpachtung, Vermietung oder sonstigen Überlassung von Gebäuden, Gebäudeteilen oder Grundflächen zur Nutzung ist dieser Auftrag auch dem Pächter, Mieter oder Nutzungsberechtigten zu erteilen.

§12 Besteht infolge eines Übelstandes im Sinne des §§4 eine die Sicherheit oder Gesundheit von Menschen unmittelbar bedrohende Gefahr oder führt ein Übelstand zu einer so unzumutbaren Belästigung der Nachbarschaft, dass sie infolge ihrer Intensität aus hygienischen Gründen sofortiger Abhilfe bedarf, kann der Magistrat die in den §§9 und 10 vorgesehenen Maßnahmen auch ohne vorangegangenen Verfahren auf Kosten jener Personen anordnen und durchführen, die nach §§9 und 10 als Bescheid Adressaten in Betracht gekommen wären. Kosten die nicht sogleich bezahlt werden, sind mit Bescheid vorzuschreiben.

Für die Regionen, wo es keinen Magistrat gibt, sind in erster Linie auch die Eigentümer, Pächter oder Mieter für die Entfernung der Missstände zuständig. Jedoch kann die Bezirkshauptmannschaft bei Gefahr in Verzug und der Gefahr der Gesundheit von Dritten die Anordnung der Entfernung des Übelstandes übernehmen und sich dann jeweils an dem Eigentümer regressieren. Dabei geht es in der Hauptsache um die Desinfektion und Entwesung von Tatorten in Wohnungen beziehungsweise in Gebäuden. Im Allgemeinen kann jeder Bürger bei der zuständigen Gesundheitsbehörde anfragen, wer den Tatort reinigt. Leider gibt es hier auch noch in den Bezirkshauptmannschaften zu wenig Information. Wird eine Tatortreinigung außerhalb von Gebäuden zum Beispiel auf öffentlichen Plätzen erforderlich, ist die Gemeinde zuständig. Bei anzeigepflichtigen Krankheiten, das sind in Österreich zum Beispiel Syphilis, Tripper, TBC, Aids oder die Legionärskrankheit und viele mehr, ist der Amtsarzt nach §8 des Epidemiegesetzes für die Anordnung einer fachgerechten Desinfektion des Leichenfundes zuständig. Aber nicht erst, wenn ein Leichnam gefunden wird, sondern auch schon wenn eine derartige Krankheit angezeigt wird, tritt der Amtsarzt in den Mittelpunkt des Geschehens. Die Kosten übernimmt in diesen Fällen der Bund. In jedem Fall ist Gefahr in Verzug, sobald die Gesundheit anderer gefährdet ist und Leichen gehören nun einmal nicht in Wohnungen oder Gebäude. Nicht umsonst gibt es Verordnungen darüber, wo und in welcher Tiefe und Art ein Leichnam begraben werden muss. Man muss bedenken, dass durch Unwissenheit und mangelnde Hygiene Seuchen wie Pest und Cholera ganze Völker dezimierten und in Massengräber brachten. Nur weil diese Krankheiten in unserer heutigen Zeit weitestgehend ausgerottet sind, dürfen wir nicht die Überheblichkeit besitzen und über all diese Missstände schweigen und hinwegsehen. Der Weg in unsere heutige Zeit mit ihrer Gesundheitsfürsorge und dem hygienischen Fortschritt hat viele Menschen das Leben gekostet und sehr viel Geld verschlungen. Unser Gesundheits- und Hygienesystem ist keine Selbstverständlichkeit. Unachtsamkeit kann bald die eine oder andere Krankheit wieder entstehen lassen, so wie Sie sich eine Sepsis zuziehen können, wenn Sie eine Wunde nicht desinfizieren. Es sollte selbstverständlich sein, einen Leichenfundort durch einen ausgebildeten Tatortreiniger desinfizieren zu lassen. In vielen anderen Ländern gibt es keine derart strenge Kontrolle in Bezug auf Krankheiten und auch keine Anzeigepflicht für verschiedene Krankheiten. Das stellt ein weiteres Problem an Tatorten dar. Durch den starken Zuzug aus anderen Ländern drängen bei uns bereits ausgerottete Krankheiten wieder nach Österreich und Deutschland. Selten aber doch, treten Fälle von Milzbrand und anderen lebensbedrohlichen Krankheiten auf. Ohne das Wissen darum ist eine Tatortreinigung nicht möglich. Alles andere halte ich für fahrlässig.

Die Polizei

In meiner Zeit als Tatortreinigerin habe ich sehr viele Polizisten kennen gelernt und dadurch meinen Blick auf die Exekutive verändert. Es gibt in Österreich über zwanzigtausend Polizisten und Polizistinnen. Alle sorgen im Interesse des Gemeinwohls für Recht und Ordnung.

Sie sind es auch, die sich bei ihren Einsätzen für uns in Gefahr begeben und manchmal auch verlieren.

Viele verfügen über Sonderausbildungen und vor deren Wissen und Können ziehe ich den Hut. Stellen Sie sich vor, Sie verdienen in Österreich durchschnittlich 1.600 Euro. Welche Zusatzleistungen und wie viele Überstunden wären Sie bereit, neben Ihrer normalen Tätigkeit zu verrichten? Würden Sie freiwillig die Arbeit Ihrer Kollegen übernehmen, wenn diese für drei Jahre in Babykarenz gingen?

Sicher nicht. In der Privatwirtschaft werden die meisten Stellen nachbesetzt. Aber abgesehen von derartigen Überlegungen gibt es noch einen ganz wesentlichen Aspekt:

Diese Berufsgruppe muss oftmals mit großen psychischen Belastungen fertigwerden und unterliegt zudem der Verschwiegenheitspflicht. Sie müssen Bilder verarbeiten und mit sich herumtragen, die ich mir nicht vorstellen möchte, auch wenn die Bilder, die ich in meinem Kopf habe, auch nicht die schönsten sind. Sie müssen Situationen verarbeiten, die an die Grenzen des menschlich Möglichen gehen, ohne in ihrem privaten Umfeld darüber sprechen zu dürfen. Und würden sie mit dem Partner darüber sprechen, wäre es für sie oder ihn eine große Belastung, was natürlich vermieden wird.

Das tun sie für uns und dafür haben sie meine größte Hochachtung!

Es wäre schön, wenn sich dieses Bild in den Köpfen der österreichischen Bevölkerung wieder verankern könnte und die Arbeit unserer Exekutivbeamten eine größere Wertschätzung erfahren würde.

Mit meinen Vorträgen war ich des Öfteren bei der Spurensicherung Österreichs zu Gast. Grundgedanke bei den Einladungen war, den Beamten, die laufend mit Leichenfundorten konfrontiert sind, die Wichtigkeit der Hygiene am Tatort nahezubringen.

Bei diesen Zusammentreffen habe ich für mich interessante Erfahrungen gemacht. Zuerst war mir sehr mulmig zumute, vor einem ganzen Saal Exekutivbeamter sprechen zu müssen. Schließlich hatte auch ich bis dato kaum mehr Kontakt zur Polizei, außer wenn ich wieder einmal falsch geparkt hatte oder zu schnell gefahren bin. Ich bin sehr froh sagen zu können, dass sich dieses Bild gewandelt hat. Als ich sie persönlich kennen lernen durfte, erlebte ich Menschen wie du und ich. Vielleicht etwas ernster aufgrund des Berufsethos und der Verantwortung, die sie für Österreich tragen. Es sind Menschen, die genauso ihren Gefühlen nachgeben, lachen und fröhlich sind oder eben weinen, wenn sie traurig und verzweifelt sind.

Polizisten im Außendienst stehen ständig unter Anspannung, denn jeder Anruf kann ein Notfall sein.

Damit bewegen sie sich in einem psychologischen Extrembereich. Was als „Ruhestörung" gemeldet wird, kann sich im Einsatz als Gewalttat gegen die Beamten richten.

Es gibt natürlich auch andere Bereiche im Sicherheitsdienst, die mit weniger Aufregung verbunden sind. Auch die Polizei braucht Personen, die auf ihrem Spezialgebiet im Innendienst ihre Leistung erbringen.

Spurensicherung und Kriminalpolizei

Wann ist ein Mensch tot?
Ich habe in einem Bericht gelesen, dass der Tod auf jeden Fall eingetreten ist, wenn der typische Leichengeruch wahrzunehmen ist. Das leuchtet mir ein, aber für die polizeiliche Ermittlung bringt das wohl kaum etwas.
Am Ort eines Verbrechens finden sich meist viele DNA-Spuren. Die Ermittler sammeln diese auf sehr unterschiedliche Art und Weise. Es war für mich sehr spannend, als ich einmal bei einer solchen Schulung dabei sein und den Ermittlern über die Schulter schauen durfte. Die DNA findet sich unter anderem in sämtlichen Körperflüssigkeiten und trägt die unverwechselbare Erbinformation eines Menschen. Es gibt sie kein zweites Mal, ausgenommen bei eineiigen Zwillingen. Spuren werden hinterlassen, wenn zum Beispiel Personen Körperkontakt miteinander haben oder an Kleidungsstücken Blutspuren sichergestellt werden können. Das ist dann ein sicheres Merkmal, um einen Täter zu überführen. Aber auch die Haar- und Augenfarbe kann die Kriminaltechnik aus diesen Spuren lesen, ebenso die Information, aus welcher Region der Verdächtige kommt. Allerdings ist diese Informationseinholung beim genetischen Fingerabdruck im Polizeibereich verboten. Mit Hilfe der DNA-Spuren können nun auch Jahrzehnte zurückliegende Verbrechen aufgeklärt werden.
Es gibt einige Parallelen, wenn ich die Arbeit der Polizei mit meiner vergleiche. Beide sind wir bemüht keine einzige Spur zu vernichten.

Aus diesem Grund müssen dafür möglichst die Fenster geschlossen bleiben. Es geht unter anderem darum, Mikrospuren nicht zu vernichten und die Raumtemperatur nicht zu verändern. Aus all diesen Informationen wird später ein möglicher Tathergang abgeleitet. Für mich ist es wichtig, dass die Fenster verschlossen bleiben, weil Insekten den Leichengeruch aus weiten Entfernungen wahrnehmen können. Ist das Fenster geöffnet, dringen weitere Insekten in den Raum ein und kontaminieren somit unnötig Raum und Inventar. Auch von der Wohnung ausfliegende Insekten stellen eine Gefahr der Übertragung von Krankheiten dar.

In Österreich gilt das Gesetz zur Regelung des Leichen- und Bestattungswesens. Darin ist festgelegt, wie und wann ein Leichnam beerdigt werden muss.

Im Übrigen hat das Wort „Beisetzung" auch wieder eine Bedeutung älteren Datums. Die Bezeichnung ist älter als ihre jüngere Schwester Beerdigung oder Bestattung. „Beisetzung" stammt aus dem 15. Jahrhundert und gemeint war damit, dass man „etwas neben etwas anderes hinsetzt". Das Wort „Bestattung" wurde aus der Bedeutung geboren, dass man den sterblichen Überresten eine „Statt" gibt. Der Begriff selbst stammt aus dem 17. Jahrhundert. Auch das Wort „anstatt" entstammt dem.

In eben diesem Gesetzestext ist nachzulesen, dass bei plötzlichen Todesfällen oder Verdacht auf Fremdverschulden der Leichnam bis zur Durchführung der behördlichen Erhebungen, der Leichenbeschau und der Spurensicherung, in unveränderter Lage am Tatort verbleiben muss. Auch der Totenbeschauer muss dem Rechnung tragen und hat eine Anzeige beim Staatsanwalt des zuständigen Gerichtes zu erstatten. Manchmal ist es jedoch nicht gleich ersichtlich, ob Fremdverschulden vorliegt.

Dann wird die Leiche von der Spurensicherung angefordert, um weitere Erhebungen durchzuführen. In besonderen Fällen muss exhumiert werden, das heißt, das Grab wird geöffnet und der Leichnam neu obduziert und auf Spuren untersucht. Ich durfte mir ein Bild über den unglaublichen Aufwand der Spurensicherung in Österreich machen. So kann ich nun besser nachvollziehen, dass hier sehr viel Geld unserer Steuern einfließt und dies auch absolut notwendig ist. Allein die Ausrüstung und die laufenden Schulungen, die unsere Beamten absolvieren müssen, verschlingen sicher viel Geld. Aber dadurch können wir auch sicher sein, dass Verbrecher in unserem Land weniger Chancen haben. Wenn ich im Zuge meiner Arbeit an den Ort eines Gewaltverbrechens komme, waren Polizei und Spurensicherung bereits vor Ort und haben ihre Ermittlungen abgeschlossen.

Es gibt mannigfache Möglichkeiten, Spuren zu finden und sicherzustellen. So unterschiedlich jeder Tatort ist, so unterschiedlich ist auch die Auffindung der Spuren. Spurenträger kann ein Gegenstand aus Glas, Papier oder Kunststoff sein. Als latente Spur werden alle Spuren bezeichnet, die nicht auf den ersten Blick sichtbar sind. Wie zum Beispiel Abdrücke durch Staub, Blut oder Farbe. Qualität und Haltbarkeit einer Spur sind von vielen Faktoren wie zum Beispiel der Qualität des Spurenträgers, Eigenschaften des Spurenverursachers oder etwa klimatischen Einflüssen abhängig.

Siebzig Prozent aller unklaren Fälle werden durch die bemerkenswerte Arbeit der Kriminalbeamten und Spurensicherer in unserem Land aufgeklärt.

Daktyloskopie

Die Daktyloskopie beschreibt die Lehre der Erkennungsmerkmale eines Fingerabdruckes. Der ist so individuell wie jede Wolkenformation am Himmel. Es gibt keinen Fingerabdruck ein zweites Mal. Auch hat mich erstaunt, dass eine Verletzung den Abdruck des Fingers nicht unkenntlich macht. Die Daktyloskopie wurde etwa vor hundert Jahren zur Identifizierung für kriminalistische Zwecke eingeführt. Das Wort selbst, wie könnte es anders sein und Sie haben es sicher schon vermutet, stammt aus dem Griechischen. Daktilos bedeutet übersetzt „Finger" und „Skopein" schauen. Setzt man diese Wortfragmente zusammen, entsteht das Wort „Fingerschau".
Beim Menschen wird zwischen zwei verschiedenen Hauttypen unterschieden. Die Felderhaut, die sich an unserem gesamten Körper befindet, unterscheidet sich stark von der Leistenhaut an unseren Fuß- und Handflächen. Diese Leistenhaut ist für die Daktyloskopie entscheidend, weil eben sie den Fingerabdruck bildet. Der Fingerabdruck selbst besteht aus dem Delta und dem Zentrum. Das Delta ähnelt dem griechischen Großbuchstaben Delta. Es kann davon mehrere in einem Abdruck geben und man findet es meistens auf dem Rand des Fingerabdruckes. Hingegen ist das Zentrum des Fingerabdruckes schwer zu definieren, weil es viele Variationen von Krümmungen gibt. Aber es gibt nur drei Grundmuster.
Es ist also, wie man erkennt, eine recht aufwändige Sache, abgesehen von allen anderen Spuren, die man an einem Tatort finden kann. Faserspuren, Blut, Körperflüssigkeiten wie Speichel,

Hautschuppen, Haare und unzähliges verwertbares Material. Was das mit der Tatortreinigung zu tun hat, werden Sie nun vielleicht fragen. Es kommt vor, dass wir für uns Auffälliges finden und das an die Polizei weitergeben. Hin und wieder können wir so ein Puzzleteil liefern, was dann unter Umständen hilft, ein Verbrechen aufzuklären.

Leichenerscheinungen

Auch das gehört natürlich zur Tatortreinigung dazu. Wenn sich jemand für diese Art Arbeit interessiert, sollte er auf jeden Fall versuchen, das gesamte Umfeld zu verstehen, wie die Aufgaben der Gerichtsmedizin, der Polizei und Spurensicherung. Zu jedem Beruf gehört Wissen aus den Randbereichen, um des besseren Verständnisses willen.

Es gibt gesetzliche Grundlagen für den Umgang und das Verhalten an einem Tatort. Sie sind festgehalten in SPG und STPO (Sicherheitspolizeigesetz und Strafprozessordnung), im Landesgesetz für Leichenbestattung und in den entsprechenden Erlässen des Bundesministeriums für Inneres.

Wohlgemerkt, wir sprechen jetzt von einem Tatort, an dem der Leichnam noch vorhanden ist. Wenn ich den Tatort betrete, ist dies natürlich nicht mehr der Fall. Bis auf Leichenreste, Gewebsreste und diverse Knochenteile, die der Bestatter versehentlich liegen gelassen hat, ist der Körper nicht mehr vorhanden.

Vor uns ist auf jeden Fall die Polizei mit der Spurensicherung vor Ort.

Die Sicherheitspolizei ist zuständig für die Aufrechterhaltung der öffentlichen Ruhe, Ordnung und Sicherheit der Bevölkerung. Unter anderem gehört auch die Beweissicherung an Tatorten zum Einsatzbereich eines Polizisten. Seine grundsätzlichen Aufgaben am Tatort sind die Besichtigung des Auffindungsortes und das Veranlassen der Leichenbeschau in der Gerichtsmedizin, er dokumentiert und fotografiert die ursprüngliche Lage der Leiche, was später bessere Rückschlüsse auf einen eventuellen Tathergang zulässt. Die Mär, dass jeder tot Aufgefundene obduziert und der Platz mit Kreide markiert wird, kann ich hier bedenkenlos lüften. Eine Obduktion wird nur bei gegebener Notwendigkeit durchgeführt und ist relativ kostspielig.

Die Arbeit der Spurensicherung ist sehr anspruchsvoll; dabei dürfen weder Spuren verwischt noch neue Spuren gesetzt werden. Mit Chefinspektor Kepic testete ich an einem Tatort, für dessen Reinigung ich beauftragt wurde und an dem sehr viele Fliegen waren, ob unsere Methode des Vernebelns von Räumen die dann wirklich vernichten würde.

Auch die Polizei arbeitet natürlich lieber ohne das Gesurr von Hunderten von Fliegen. Trotz aller Sorgfalt hatte ich meine DNA auf das Teststück gebracht. All diesem Aufwand folgt noch ein ausführlicher Bericht, sodass auch nachfolgende Beamte und Mediziner ihre Schlüsse daraus ziehen können.

Laut Gesetzesverordnung ist jede Leiche vor der Bestattung einer Toten- oder Leichenbeschau durch den zuständigen Arzt zu unterziehen. Gemeint ist damit die Untersuchung der sterblichen Überreste eines Menschen zur Feststellung des eindeutigen Todes. Auch die Umstände des Todes, wie äußere Einwirkung oder natürliche Todesursache, werden dabei festgelegt.

Bei einem Vortrag der Gerichtsmedizin habe ich gehört, dass der Umstand des Todes oft nicht einwandfrei festgestellt werden kann. Amüsant war die Ausführung und Dokumentation des Mediziners, wonach ein Totenschein auf einen natürlichen Tod ausgestellt worden war – und die Leiche ein Messer in der Brust stecken hatte …!

Kann es sein, dass es auch in diesen Bereichen Überlastung gibt, oder ist es schlichtweg Gedankenlosigkeit?

Nun ist die Leichenschau das Bindeglied zwischen Rechts-wissenschaften und Medizin.

Wird ein Fremdkörper in einer Leiche festgestellt, kann man meist davon ausgehen, dass es sich um ein Gewaltdelikt handelt. Ich erinnere mich jedoch an einen Fall, bei dem ein Mann sich in der Wanne ertränken wollte und sich „sicherheitshalber" noch mehrere Messerstiche setzte.

Bei der Gerichtsmedizinischen Untersuchung ist aufgrund des Einstichwinkels bald klar, ob die Stichwunden selbst oder durch Fremdeinwirken herbeigeführt wurden.

Wird ein Mensch tot aufgefunden, stellt die Polizei mittels Personalien, falls diese auffindbar sind, die Identität des Ver-storbenen fest, sowie auch den einwandfreien Tod, den Todes-zeitpunkt, die Todesart und die Todesursache. Jedoch sind der Fingerabdruck, das Zahnschema und der DNA-Test für eine einwandfreie Identifizierung unerlässlich. Der Ausweis alleine wäre zu wenig, schließlich kann jeder jedem irgendeinen Aus-weis zustecken.

Unter Todesart versteht man, ob jemand natürlich oder un-natürlich gestorben ist. Zu einem natürlichen Tod zählen alle Arten von Krankheiten, körperliche Schwäche und so weiter. Wird ein unnatürlicher Tod festgestellt, vermutet man äußere Fremdeinwirkung, eine Suizidhandlung oder auch die Unterlas-sung einer Hilfestellung. Als Todesursache werden alle Vorgän-ge benannt, die für den Eintritt des Todes verantwortlich sind. Wenn zum Beispiel jemand an Krebs leidet, dabei an einer Lun-genentzündung erkrankt und daran verstirbt, ist sie die Ursache des Todes und nicht der Krebs. Im Totenschein, der für jeden

Verstorbenen ausgestellt wird, steht dann unter „Todesursache" Lungenentzündung. Auch wird festgehalten, ob die Person zum Todeszeitpunkt bekleidet war oder nicht. Zur Feststellung des Todeszeitpunktes gibt es verschiedene Möglichkeiten. Wo wir dann auch wieder zu den Fliegen und anderem Ungeziefer zurückkehren können.

Je nach Zersetzungsstadium finden sich unterschiedliche Insekten ein. Sie nutzen den Leichnam als willkommene Nahrungsquelle. Aufgrund der Besiedelung lassen sich Rückschlüsse auf die Liegezeit des Körpers ziehen. Die Forensische Ethnologie befasst sich vorwiegend mit der Auffindung eines Leichnams und dessen Zersetzungsprozess, hauptsächlich hervorgerufen durch Bakterien, Pilze und Insekten.

Die gemeine Schmeiß- oder Fleischfliege kann Aas über viele Kilometer riechen und wird wie andere Insekten, wie zum Beispiel Speckkäfer, angelockt.

So ist es ein wichtiges Gebot für Polizei, Spurensicherung und Tatortreinigung, die Fenster geschlossen zu halten, um zu vermeiden, dass vorhandene Insekten den Ort verlassen und andererseits weitere Insekten angelockt werden und durch ihre Gelege die Ergebnisse verfälschen können.

Andere Insekten, die ebenfalls durch die von der Leiche ausströmenden Duftstoffe angezogen werden, ernähren sich wiederum von nekrophagen Insekten, also unter anderem von Speckkäfern und Fliegenmaden. Dadurch dass diese Insekten durch die von der Leiche ausströmenden Duftstoffe angezogen werden, legen sie wiederum ihre Eier auf dem Leichnam ab. So kann man davon ausgehen, dass eine sehr rasche Besiedelung stattfindet.

Für die Spurensicherung und die Forensische Ethnologie geben diese Insekten und deren Entwicklungsstadien Aufschluss über die Liegezeit des Leichnams. Um eine weitere Entwicklung der Larven zu verhindern und somit eine genaue Auswertung der Liegezeit erstellen zu können, ist es notwendig, die gefundenen Larven einzusammeln, einzufrieren und mit speziellen Kameras zu fotografieren. Fliegenlarven entwickeln sich je nach Umstand innerhalb weniger Stunden bis hin zu ein bis zwei Tagen. Zur Ermittlung des Todeszeitpunktes werden unter anderem auch die Größe und die Fraßspuren der Maden herangezogen. Jede Spezies hinterlässt eine andere Fraßspur. Auch durch die vorgefundenen Insektengenerationen, zum Beispiel durch leere Hüllen der Puppen, lassen sich Rückschlüsse auf den Todeszeitpunkt ziehen.

Man kann sich denken, welche Sisyphusarbeit dahintersteckt und dass jeder kleine Fehler, jede Abweichung der Liegezeit, die weitere Arbeit der Ermittler beeinflusst und erschwert. Zumal die Umgebungsumstände ebenfalls festgehalten werden müssen, denn ein Körper hat einen anderen Zersetzungsvorgang bei feuchter und warmer Umgebungsatmosphäre als bei kalter und trockener. Nun gibt es neben dem Insektenfraß noch zwei andere Zersetzungserscheinungen am toten Körper. Einerseits ist es die Fäulnis und andererseits die Verwesung. Der grundlegende Unterschied findet sich in der Atmosphäre des Körpers. Während die Fäulnis beim Zersetzungsprozess keinen Sauerstoff benötigt, kann die Verwesung nur stattfinden, wenn ausreichend Sauerstoff im Raum ist. Das ist auch der Grund, warum man zur Bestattung eines Leichnams einen Holzsarg verwendet und keinen verschlossenen Zinksarg. Das Holz ist durchlässig und dadurch gelangt Sauerstoff an den Körper. Je nachdem, wie viel Sauerstoff und Feuchtigkeit in der Erde der Grabstätte sind, verändert sich die Zeit der kompletten Zersetzung. Würde man einen Zinksarg verwenden, so könnte die Flüssigkeit der Fäulnis nicht in das Erdreich abfließen und durch den hohen Gehalt an Ammoniak würden die Bakterien, die für die Zersetzung zuständig sind, absterben.

Verfault ein Körper, werden durch die Produktion von Bakterien organische Körpersubstanzen abgebaut. Dieser Prozess ist auch der geruchsintensivste, bedingt durch die Produktion von Gasen wie Ammoniak, Schwefelwasserstoff und Methan, die sich im Darm bilden. Ich hatte schon einmal eine Tatortreinigung, wo diese Gase den Körper so aufgebläht hatten, dass sie diesen zum Platzen brachten. Dieses Szenario ist kaum zu schildern.

Auch wenn es uns ekelig erscheint, so ist es doch eine Sicherstellung, dass jeder Körper nach einiger Zeit bis auf die Knochen „gereinigt" ist. Im Grunde genommen sind diese kleinen Tiere die Gesundheitspolizei. Allerdings haben sie auch die Eigenschaft, sich nicht nur in und um den toten Körper aufzuhalten, sondern in der gesamten nahen und fernen Umgebung. So verschleppen sie unter anderem Toxine, die Abfall und Überlebensprodukte der Bakterien und Viren und verteilen alles im gesamten Raum. Hier liegt eine hohe Fehlerquelle und große Herausforderung in der Tatortreinigung. Der Gestank eines Leichenfundes macht noch nicht krank. Eine pathogene Wirkung auf den Menschen haben Mikroorganismen, die teils

aus Unachtsamkeit, teils aus Unwissenheit in einen Körper eindringen können und dort auf eine geeignete Wirtszelle treffen.
Ohne Einweisung beziehungsweise vorangegangene Schulung
würde ich niemandem raten, einen Leichenfundort zu reinigen.
Zur endgültigen Feststellung von Todesart, Todesursache und
Todeszeitpunkt werden all diese ermittelten Daten zusammen-
gefügt und zu einer Auswertung gebracht. Zur Untersuchung
in der Gerichtsmedizin wird der Leichnam entkleidet, Vorder-
und Rückseite werden untersucht, aber auch alle Körperöffnun-
gen werden inspiziert. Schließlich kann der scheinbar natürliche
Tod auch durch einen Fremdkörper verursacht worden sein,
den man von außen nicht erkennen kann.

Für die Gerichtsmedizin und die Ermittler ist das in meinen
Augen allemal eine Herausforderung. Natürlich habe ich viele
Leichenerscheinungen gesehen und bin dafür sehr dankbar, dass
ich „nur" die Tatortreinigung durchführe. Nachdem Leichen ja
im Allgemeinen kein schöner Anblick sind, ist es für mich befremdlich, dass es Menschen gibt, die sich damit gerne befassen.
Ebenso wie es sicher für Sie befremdlich sein muss, dass ich
mich mit der Reinigung von Tatorten beschäftige.

Das Resümee aller vorherigen Schilderungen ist demnach: Nur
wer sich ein breit aufgestecktes Fachwissen angeeignet hat und
die nötige Sensibilität beim Umgang mit Menschen in seeli-
schen Ausnahmesituationen besitzt, sollte sich für den Beruf des
Tatortreinigers entscheiden.

Denn nur dann wird man das Vertrauen der Kunden erlangen.

MYTHOLOGIE UND ANDERE GESCHICHTEN UM DEN TOD

Wenn man so viel mit dem Tod zu tun hat wie ich, befasst man sich damit in alle Richtungen und mit allen Facetten. Ich schicke es gleich vorweg: Ich bin keine Spezialistin der historischen Hilfswissenschaften. Seit meiner Arbeit, so nahe beim Tod, interessiere ich mich einfach für alle Richtungen dieses Themas. Alle Kulturen beschäftigten sich schon seit jeher mit dem Tod. Sie werden es auch nach uns tun. Er ist etwas Ungewisses, etwas, das wir nicht „begreifen" können. Es ist für uns nicht nachvollziehbar, was mit unserer Energie und der sogenannten Seele passiert, nachdem unser Körper alle Funktionen aufgegeben hat und sich zersetzt. Kaum ein Thema kann von so unterschiedlichen Gesichtspunkten beleuchtet werden wie er. Die Haltung dem Tod gegenüber hat sich über die Jahrtausende verändert. Mal wurde offen darüber gesprochen, mal nicht. Im Besonderen machten sich kirchliche Glaubensgemeinschaften den Tod zu einem sehr praktischen Werkzeug, um ihre Schäfchen beisammenzuhalten. Mit den Begriffen Himmel und Hölle wurden Ängste geschürt und schon den Kindern furchteinflößende Bilder gezeigt, damit sie zu Lebzeiten nur ja gehorsam seien.

In der griechischen Mythologie galt der Tod als der Zwillingsbruder des Schlafes. Die Vorstellung gefällt mir. Die Götter waren der Erzählung nach die Söhne der Nacht.

Allerdings finden sich auch hier sehr trostlose Gesellen, wie zum Beispiel Hades.

Ein Ausspruch aus dem vierten Jahrhundert vor Christus war jener von Epikur: „Das Schrecklichste hat deshalb nichts mit uns zu tun, weil es nicht da ist, wenn wir da sind, und wenn es da ist, wir nicht mehr da sind."

Nun hatten die verschiedenen Völker sehr abweichende Vorstellungen vom Tod und dem Umgang mit den Verstorbenen. Aber schon immer gab es die Unterwelt und die Oberwelt, also die Welt der Toten und die Welt der Lebenden. Warum man diese Unterschiede machte, scheint mir leicht erklärbar, eben weil es unseren Verstand überschreitet, was nach unserem Tod, also dem irreversiblen Aussetzen aller Hirnfunktionen aufgrund absterbender Nervenzellen, mit uns passiert. Nach unserem derzeitigen Wissen wird kein Schmerz gefühlt, keine Liebe und kein Glück. Aber ist es wirklich „nur" das, was das Leben ausmacht?

Das Reich der Toten ist, wie gesagt, schon in allen Völkern vertreten. Diese Vorstellungen der Unterwelt kommen aus einer Zeit, da die Erde noch als Scheibe gesehen wurde. Genau dort, auf der anderen Seite dieser Scheibe, vermutete man die Geister der Verstorbenen, aber auch außerweltliche Wesen wie Teufel, Engel und Dämonen, die allesamt über dieses Reich wachen. Was im christlichen Glauben die Hölle ist, finden wir bei den Germanen in der Hel, bei den Römern wurde es Orcus, bei den Griechen Hades, bei den Hebräern Scheol genannt. Gemeint ist allemal dasselbe. Warum der Mensch glaubt, dass er, wenn er nicht anständig lebt, von Gott bestraft wird, ist mir ein Rätsel. Wenn Gott unser Vater ist, dann ist er gütig und zeigt uns unseren Weg, leitet und führt uns. Strafe sehe ich da keine. Ich denke, wir sind gefordert aus unseren Fehlern zu lernen und damit Verantwortung für unser Leben zu übernehmen.

Aber zurück in die Unterwelt.

Laut mythologischer Auffassung wurden die Toten von Seelenführern über ein Grenzwasser geführt. Jenseits des Gewässers vermutete man den Eingang. Aber dieses Tor wurde streng bewacht, weil nur tatsächlich Tote eintreten durften. Welche Logik dahintersteht, ist mir nicht ganz klar, denn wer, der am Leben ist, würde freiwillig dieses Tor der Toten suchen? Aber natürlich wurde es auch bewacht, damit kein Toter diesen Ort wieder in die Welt der Lebenden verlassen kann. Bei den Griechen hieß auch der Gott, der den Tod beherrschte, Hades, und er wurde von seiner Frau Persephone in seinem Tun unterstützt. Angst einflößend finde ich den dreiköpfigen Höllenhund Kerberos, der nun die Aufgabe innehatte, den Eingang zu bewachen. Hund alleine ist schon für die meisten Menschen abschreckend, aber dreiköpfiger Höllenhund? Auch in der griechischen Mythologie gab es ein Reich für die „Guten" und eines für die „Schlechten". So sprach man von der Lethe, dem Strom des Vergessens, und vom Tartaros, der tiefsten und schrecklichsten Region des Totenreiches, wo sich die unheimlichsten und Angst einflößende Gestalten tummelten und all diejenigen mit ewigen Qualen versahen, die sich gegen die Götter Verfehlungen geleistet hatten. Warum man seit jeher diese Vorstellung in den Köpfen manifestierte, scheint klar zu sein, denn irgendjemand muss sich das ja auch einmal ausgedacht und zu Papier gebracht haben. Man könnte schon den Eindruck gewinnen, dass den Menschen bewusst Angst gemacht worden ist, um Macht über sie auszuüben.

So hatten die Ägypter lebende Götter, beziehungsweise waren die Herrscher Gott gleich. Auch hier gab es natürlich eine Unterwelt und eine Oberwelt. Im Gegensatz zu anderen, zur gleichen Zeit lebenden Völkern war es hier wichtig, den Körper der Pharaonen durch Mumifizieren „unsterblich" zu machen. Eine wirklich große Kunst, die für die damalige Zeit bahnbrechend war. Denn offenbar war klar, dass ein Körper mit all seinen Körperflüssigkeiten nach Eintritt des Todes einem Zersetzungsprozess ausgesetzt ist. Um dem Körper sämtliche Flüssigkeit zu entziehen, wurde er vierzig Tage in Natron (einem Mineralsalz) eingelegt. Grandios! Anschließend wurde der Leichnam mit Salben behandelt und mit Harzen eingerieben. Leinentücher hielten den Körper zusammen, der zuvor mit Sägespänen ausgestopft worden war. Natürlich wurden Herz und Innereien ebenfalls entfernt, ebenso das Gehirn.

Der Gottgleiche brauchte der Vorstellung nach auch im Reich der Toten seinen Körper und zwar möglichst so schön und rein wie zu Lebzeiten. Auch hier wieder dieses Unverständnis dafür, dass dieser Körper nur eine Hülle ist und er in all seiner Schönheit zu etwas sehr Unschönem zerfällt. Dem Verstorbenen wurden, wie in vielen anderen Kulturen auch, wichtige Utensilien in das Reich der Toten mitgegeben.

Es ist nicht überliefert, warum die Toten außerhalb der Städte begraben wurden. Vielleicht kannte man schon damals einige Zusammenhänge über die sich entwickelnden Toxine im Zersetzungsprozess des Körpers. Lange Zeit hatte man jedoch keine bestimmten Bestattungsplätze. Zuweilen wurden die Verstorbenen auch unter den Häusern, in der Erde begraben, da es ja Bodenplatten, wie wir sie heute kennen, nicht gab. Extreme Geruchsbelastungen waren die Folge.

Aus der Bibel ist überliefert, dass mit dem Erkennen von Krankheiten und dem damit verbundenen Tod die Verstorbenen vor den Toren der Siedlungen bestattet wurden.

So berichtet die Bibel:

„Sie begruben ihn bei seinen Vätern im Acker bei dem Begräbnis der Könige; denn sie sprachen: „Er ist aussätzig". Es handelte sich um Usia, den König von Judäa, der an Lepra litt und verstorben war.

Demzufolge litt Usia (König von Judäa) an Aussatz. Eine Krankheit, die man heute Lepra nennt und die in unseren Breiten ausgerottet ist. Er wurde außerhalb der Stadt begraben. Schon die Bezeichnung der Krankheit lässt erkennen, wie man mit den Betroffenen verfahren ist. Sie wurden „ausgesetzt". Um die Infektionsgefahr möglichst gering zu halten, mussten die vom Aussatz Befallenen außerhalb der Siedlung leben. Heute ist Lepra in unseren Breiten ausgerottet.

Später ging man dazu über, die Toten allgemein auf dafür vorgesehenen Friedhöfen zu bestatten.

Man muss sich auch vor Augen führen, dass die Menschen zu früherer Zeit Nomaden waren. Also zogen sie von Ort zu Ort, was wiederum bedeutete, dass die Begräbnisstätten nicht relevant waren. Wo gestorben wurde, wurde begraben und der Clan zog weiter. Erst mit dem Sesshaftwerden der Völker stellte sich nach und nach ein Platzproblem für die Toten ein.

Auf jeden Fall ist es schon lange so, dass die Lebenden und Toten ihre eigenen Bereiche haben; ihre eigenen „Wohnstätten". Schon in der frühen Geschichte der Menschheit gab es nachweislich den Totenkult, um dem Verstorbenen die Ehre zu erweisen. An der Gestaltung und den Beigaben der Gräber kann man die Vielfältigkeit und die Entwicklung einer Kultur erkennen. Was wäre die Welt eines Archäologen ohne Grabmäler? Nicht annähernd so viel wüssten wir heute von vergangenen Kulturen, ohne die Gräber. Weitere in der Bibel beschriebene Bestattungsformen waren aufeinandergeschichtete Steine oder auch Erdhügel über der Asche des Verstorbenen. Somit war es damals durchaus üblich, den Körper eines Verstorbenen zu verbrennen. Aber auch Felsengräber, Katakomben oder Mastabas dienten zu Zwecken der Bestattung. Besonders bewundere ich die Felsengräber. Welcher Aufwand wurde betrieben, ganz ohne heute übliches Werkzeug, um diese Höhlen in den Fels zu schlagen. Felsengräber gab es schon in der Jungsteinzeit, also 3.500 – 1.500 v. Chr. Man verfügte ja kaum über für uns nennenswertes Werkzeug. Wie haben diese Menschen das gemacht? Und vor allem, wie lange haben sie gebraucht, um ein Grab in den Fels zu treiben? Aus heutiger Sicht wäre das Bohren eines Loches ohne Bohrmaschine undenkbar!

In Europa finden sich Felsengräber am häufigsten im Mittelmeerraum, zum Beispiel die Felsengräber von Dalyan in der Türkei. Es waren Königsgräber, teilweise prunkvoll ausgestattet, teilweise sehr einfach gehalten. Sie stammen aus dem sechsten bis vierten Jahrhundert vor Christus. Die Pyramiden von Gizeh wurden bereits 2500 v. Chr. erbaut und hier weist unser heutiges Wissen über die damalige Zeit noch große Lücken auf, wie diese gigantischen Bauwerke errichtet wurden. Teilweise rätselt man auch über den Zeitpunkt des Entstehens, denn sehr viel ist in Bezug auf die Pyramiden und andere Steinformationen unklar. Da gibt es Steine, ja Kolosse, die wir in unserer hochtechnisierten Zeit nicht einmal mittels eines Kranes heben könnten. Wie konnten Menschen vor vielen tausend Jahren diese Meisterleistungen bewerkstelligen? Wenn möglich, wurde für den Bau eines Felsengrabes ein relativ leicht zu bearbeitender Stein gewählt, wie zum Beispiel Kalkstein. Denn man hatte nur Werkzeug aus Stein zur Verfügung.

Das Werkzeug der frühen Menschen bestand ebenfalls aus Stein und erst in der Bronzezeit änderte sich dies und man konnte Werkzeuge aus Metall herstellen.

Unterirdische Grabstätten des frühen Christentums waren Katakomben. In oft weitverzweigten Gängen wurden die Toten in Nischen bestattet; es wurden teils auch Gebeine nach Exhumierungen dorthin überführt.

Katakomben befanden sich oft unter Kirchen, wie auch dem Wiener Stephansdom, wobei die Geruchsentwicklung mit der Zeit ein sehr großes Problem darstellte und der Dom in der Folge des Öfteren geschlossen werden musste.

Zu dieser Zeit vermutete man, der „üble Geruch" würde krank machen, und so lässt sich leicht nachvollziehen, wie groß die Angst der Menschen vor einer Ansteckung war.

Durch das Wachstum der Stadt gab es auch entsprechend viele Sterbefälle.

Zu dieser Zeit herrschte in Wien die Pest und auch diese Toten wurden in der sogenannten „Pestgrube" zur letzten Ruhe gesetzt. Man kann sie noch heute besichtigen. Nur eine Öffnung, so groß, dass ein Körper hindurchpasst, ist in der Wand zu sehen. Dahinter befindet sich ein Hohlraum, voll befüllt mit Knochen, die natürlich seinerzeit Leichen von Pestkranken waren. War ein Raum voll, wurde er zugemauert und der nächste wurde befüllt. Im 19. Jahrhundert, als die Medizin ihre Kenntnisse auf dem Gebiet der Hygiene ausbreitete, fand auch dieser Spuk sein Ende. Man ging daran, unter dem Dom „Ordnung" zu schaffen.

Im Jahre 1874 wurde der Wiener Zentralfriedhof eröffnet. Inzwischen zählt er mit einer Fläche von fast zweieinhalb Quadratkilometern und rund dreihundertdreißigtausend Grabstellen zu den größten Friedhofsanlagen Europas. Fast drei Millionen Menschen wurden hier begraben, somit beherbergt die größte Totenstadt Österreichs mehr Menschen als das Wien der Lebenden.

Bestattungsformen und Totenkult werden sich gesellschaftsspezifisch immer wieder verändern und weiterentwickeln. Manche Strömungen ließen sich sicher hinterfragen, aber letztendlich geht es darum, dem Verstorbenen eine letzte Ruhestätte zu geben und ihm vielleicht auch symbolisch ein Denkmal zu setzen.

Ich wurde geboren und lebe in einer Stadt, die die Nekrophilie erfunden zu haben scheint. Dabei kann ich sagen, dass ich davon nicht erblich belastet bin. Ganz im Gegenteil. Ich bin eine sehr lebensfrohe Natur und fast schon stoisch optimistisch.

Meine geliebte, alte Heimatstadt scheint einen eigenen Anspruch auf den Tod und seine Morbidität zu erheben. Sie sind meiner Meinung nach quasi verbrüdert. Nirgendwo anders werden Sie dieses morbide und verstaubte Kaiserdasein so intensiv spüren wie hier. Dieses „Granteln" so charmant empfinden. So gibt es tatsächlich ein diesbezügliches Museum, in dem verschiedene Exponate, wie zum Beispiel der vom Kaiser angeordnete „Sparsarg", zu sehen sind. Aus Gründen des knappen Budgets ordnete Kaiser Joseph II. diesen Sarg an, in dem an der Unterseite eine Klappe angebracht war. Diese Klappe wurde geöffnet, sobald sich der Sarg über dem Grab befand, der Tote fiel in die Erdgrube und der Sarg konnte ein weiteres Mal benutzt werden. Der Kaiser hatte allerdings nicht mit der prunkverwöhnten Gesellschaft Wiens gerechnet, die einen derartigen Aufstand gegen diese Sparmaßnahme machte, dass er kurzerhand die Verordnung wieder zurücknehmen musste.

Auch an die „Untoten", also Scheintoten, wurde gedacht. Da in der damaligen Zeit ein komatöser Zustand oft nicht festgestellt werden konnte und es doch schon einmal passierte, dass jemand in diesem Zustand beerdigt wurde, wurde die sogenannte Alarmglocke während der Aufbahrung angebracht. Sie sollte dem angeblich Verstorbenen die Möglichkeit bieten, falls er aus dem Koma erwachen würde, an einer Schnur zu ziehen, die eine Glocke in Bewegung setzte. Diese Glocke befand sich dann im Zimmer des Friedhofwärters. Wenn man weiß, dass sich Tiere an Leichen aufhalten und Leichen selbst durch physikalische Vorgänge im Leicheninneren abrupte Bewegungen verursachen können, kann man sich denken, dass hierdurch oft Fehlalarm ausgelöst wurde. Es gibt bis zum heutigen Tag Menschen, die sich post mortem eine Giftspritze setzen lassen, nur um sicherzugehen, dass sie nicht scheintot begraben werden. In früheren

Jahrhunderten war die Angst, lebendig begraben zu werden, noch eine weit größere. Die Gefahr lag damals bei circa zwei Prozent. Deshalb bestanden viele Menschen darauf, dass ihnen vor der Beerdigung das Herz durchstochen wird. In Wien gibt es auch den Begriff „a schöne Leich". Gemeint ist damit die für den Wiener prunkvolle Beisetzung.

Somit sehe ich in Wien, meiner geliebten Heimatstadt, den Ort, der den Tod und das Sterben sogar mit seinen typischen Wiener Liedern besingt. Wer kennt es nicht, das oft gesungene Heurigenlied „Es wird a Wein sein und mir wern nimmer sein"? Oder den „Lieben Augustin"?

Zum Augustin und dem Pesttod gibt es einige Geschichten, die ich fand, als ich in alten Schallplatten wühlte. Der Text ist von Manfred Tauchen und die Lieder sind von J. Prokopetz. Hier ein kleiner Auszug:

„Der Wiener Volkssänger Augustin hat, der Sage nach, während der Pestepidemie von 1679 eine Nacht lang in einer Pestgrube seinen Rausch ausgeschlafen, ohne dabei Schaden zu erleiden. Durch diesen Sieg über den Tod wurde er zur legendären Verkörperung ewigen Wienertums."

Der Augustin, ein Mittdreißiger, gab zu dieser Zeit sehr raue Lieder in Wiener Mundart zum Besten, weil es ihm die einzige Möglichkeit bot, an selbst verdientes Geld heranzukommen. Mit seinem Dudelsack zog er von einem Wirtshaus ins andere. Die Menschen heiterte das in der damaligen schweren Zeit auf und so wurde er von der Bevölkerung nur noch der „liebe Augustin" genannt. Auch wenn seine Texte sehr derb und er selbst ein trinkfester Geselle war, spiegelt er die damalige Zeit und das Ringen mit dem Tod wider.

DER SCHWARZE TOD
(ein Pestlied in drei Teilen)

In euere Bäuche
Schleicht sich a Seuche
Jeder zweite is a Leiche
Und wer net muagn verfault
Verfault scho heit.

In jeder Eckn
Nur Angst und Schreckn,
alle verrecken
und wer net muagn verfäult
verfäult schon heit.

Eingehüllt in schwarzes Leinen,
liegen sie dahingerafft,
mit vermoderten Gebeinen,
der schwarze Tod hat es geschafft.

Dies irae,
dies illa.
Eingefallen sind die Wangen,
ausgemergelt jeder Leib,
Weinen, Trauern, Zittern, Bangen.
Sterben heißt der Zeitvertreib

Es gab im siebzehnten Jahrhundert eigene Pestknechte, die die Pesttoten in die Gruben vor der Stadt karrten. Siechknechte nannte man sie. Abgeleitet von dem „Dahinsiechen" des Menschen. Die Pestleichen wurden mit Kalk abgedeckt, um später weitere Opfer der Epidemie hier abzuladen. Kalk, das wusste man, wirkte desinfizierend. Auch Mediziner reinigten sich die Hände bis ins achtzehnte Jahrhundert mit Löschkalk. Was sich auf die Haut ihrer Hände sehr negativ auswirkte.

Auf den lieben Augustin wurde im siebzehnten Jahrhundert ein Volkslied komponiert, dessen Text ich Ihnen im Anschluss übermitteln möchte. Man beschäftigte sich sehr mit dem Tod und der Pest. So manifestierte sich ein derartiges Ereignis über viele Jahrhunderte in der Erinnerung der Wiener:

O du lieber Augustin
O du lieber Augustin, Augustin, Augustin,
O du lieber Augustin, alles ist hin.
Geld ist weg, Mensch ist weg,
alles hin, Augustin
O du lieber Augustin, alles ist hin.

Es gab und gibt viele Künstler, deren Ursprung in Wien zu finden ist. Viele hatten und haben ein eher schwarzes Gemüt. Und das spiegelt sich auch in ihren Liedern wider. Wer kennt nicht Ludwig Hirsch, der im Übrigen auch den Selbstmord als Todesursache gewählt hat. In seinen schwarzgrauen Liedern besingt er oft den Tod und die Möglichkeiten, zu Tode zu kommen. Natürlich nicht ohne ein Quäntchen gewissen schwarzen Humors.

Oder Wolfgang Ambros, der sich in seinen Songs sehr wohl auch mit Überdruss, Resignation und Tod auseinandersetzt.

Als Kind hat mir der Gedanke an den Tod Angst gemacht, wie auch der Gedanke, meine Mutter oder meine Großmutter zu verlieren, und auch heute kann ich mich mit diesen Gedanken nicht anfreunden. Meine Großmutter musste ich bereits vor vielen Jahren zu Grabe tragen. Tod hat nie etwas Schönes, es sei denn, man wird von Schmerzen und Qualen dadurch erlöst. Für die Hinterbliebenen bringt er immer einen großen Verlust. Auf allen Friedhöfen Wiens gibt es sogenannte Friedhofshüter. Teilweise wurde diese Position über Generationen vererbt. Noch einmal mehr muss ich sagen, dass ich meinen Beruf als absolut normal empfinde. Ich käme nie auf den Gedanken, als Friedhofshüter arbeiten zu wollen.

Auf dem Friedhof der Namenlosen haben verzweifelte Menschen ihren Frieden gefunden. Allesamt liegen dort. Selbstmörder, Mordopfer, ausgesetzte Kinder oder Säuglinge, die vor der Taufe verstarben. Es liegen in den schmucklosen Gräbern aber auch Deutsche, die in den Kriegsjahren beim Bau des Hafens verstorben sind. Da der Friedhof am Albernen Hafen in Wien direkt an der Donau liegt, nannte man ihn auch lange Zeit den Friedhof der Donautoten. Was ich nicht verstehe, ist, dass der Friedhof noch immer auf „ungeweihtem" Boden liegt. Aber die Verstorbenen wird es wohl kaum bekümmern.

Die Vorstellung eines „Nichts" gibt es in unseren Köpfen nicht. Sie wäre aber auch sehr schmerzhaft. Schmerzhafter noch als die Trennung von einem geliebten Menschen an sich. Und wenn man davon ausgeht, dass wir zu einem großen Teil aus Energie bestehen, Energie freisetzen und dieselbe unendlich ist, gibt es das „Nichts" ja auch nicht. Also ist das, was von uns bleibt, Energie, die sich im Raum verteilt. Es gibt auch dafür verschiedene Ansichten und Denkmuster. Derartige Diskussionen ergeben sich, wenn man auf Hinterbliebene stößt.

So gibt es die Ansicht, dass die Energie eines Menschen um uns ist und bleibt. Sie haben vielleicht schon die Geschichte gelesen über den Selbstmord im Büro? Da fiel einfach so, ohne weiteren Grund, der Blumenstock vom Fensterbrett. War das die Energie des Verstorbenen? Wer weiß? Aber natürlich sind wir von derartigen Weisheiten geprägt und in solchen Momenten kommt es dann wieder zu Tage. Wobei ich nicht an böse Geister glaube, die irgendwo ihr Unwesen treiben. Eher noch glaube ich an Menschen, die mit der Angst anderer Schindluder treiben.

Es liegt wohl in der Natur des Menschen, dass er sich in Härtesituationen einen gewissen Galgenhumor zulegt. So findet man diesen „schwarzen" Humor in allen Berufssparten wieder. Auch bei Polizei, Sanitätern oder Tatortreinigern gibt es dieses Phänomen und es dient ganz einfach zur besseren Bewältigung der Situation.

Mit all diesen Betrachtungen habe ich mich von der ursprünglichen Thematik des Buches – der Tatortreinigung – einerseits entfernt, aber vielleicht auch wieder nicht so sehr, wie es den Anschein haben könnte. Die Kreise der Personen, mit denen ich im Zusammenhang mit meiner Arbeit in Kontakt trete, sind sehr breit gefächert und kommen aus Kunst, Philosophie, Bestattungswesen und Medizin. Mein Bild hat sich im Laufe der Zeit sehr stark abgerundet und ich hoffe, dass Sie Gefallen an den Ausflügen in vergangene Zeiten hatten.

ZUM GUTEN SCHLUSS

Ich hoffe, dass ich Ihnen, lieber Leser und liebe Leserin, einen verständlichen, aber auch interessanten Einblick in das Leben und die Gedanken eines Tatortreinigers gewähren konnte. Während meiner Recherchen wanderten meine Gedanken und mein Interesse weit über die Reinigung hinaus. Das Zusammentragen der einzelnen Fakten und Daten war für mich eine spannende, aber auch lehrreiche Arbeit.

Anfangs gab es nur meine Eindrücke, die ich an den diversen Schauplätzen gesammelt hatte. Im Laufe der Zeit war mir das jedoch zu banal. Das war einer der Antriebe, dieses Buch zu schreiben.

Aus Gründen der Verschwiegenheit habe ich Orte und Namen geändert, sodass im Grunde nur mein Erlebnis übrig bleibt, welches weiter in mir lebt.

Der Versuch, meine Gedanken zu sammeln, meine Erlebnisse niederzuschreiben, kommt aus den Pausen der üblichen Alltage. Denn in diesen Pausen findet sich Raum, das Geschehene und Erlebte zu verarbeiten. Die Sache darzustellen, war mir mit der Zeit ein wachsendes Bedürfnis.

Zu Beginn habe ich freilich über das Wie der Darstellung nachgedacht, denn natürlich prallt mein Empfinden mit den Geschehnissen auf bizarre Weise aufeinander.

Meine Eindrücke und Schilderungen beschränkten sich nicht ausschließlich auf die Reinigung von Leichenfunden, weil sich auch mein Denken nicht ausschließlich damit befasst. Im Umgang mit Betroffenen stoße ich nicht nur auf Leichenreste,

sondern auch auf die einzelnen Randbereiche. Daraus ergibt
sich mit der Zeit eine breite Palette an Wissen und Geschichten.
Es liegt mir am Herzen, aufmerksam zu machen.

Aufmerksam auf die Weiterentwicklung dieses Berufsstan-
des. Wie ich bereits geschildert habe, ist der Beruf des Tatortreinigers kein eigener Berufsstand. Es handelt sich um einen
Teilbereich des Denkmal-, Fassaden- und Gebäudereinigers. Diese Berufsgruppe reinigt Innenräume, Fassaden von
Gebäuden, Denkmäler und so weiter. Sie führt auch Desinfek-
tionsmaßnahmen durch. Die Reinigung von Leichenfundorten
jedoch ist, bedingt durch die schwierige Aufgabenstellung, ein
Stiefkind der Branche.

Ich hoffe, das allgemeine Interesse geweckt zu haben und dass
ich Ihnen ermöglicht habe, diese Thematik mit offeneren Augen
zu betrachten.